Klogeschichten und andere
nordische Geschichten

Bibliografische Information der Deutschen Nationalbibliothek: Die Deutsche Nationalbibliothek verzeichnet diese Publikation in der Deutschen Nationalbibliografie. Detaillierte bibliografische Daten sind im Internet über www.dnb.de abrufbar.

Autorin: Waltraud Breitzke, Flensburg, DE
Herausgeberin: bilwiz / Eva-Maria Mehrgardt
Ringsberg, DE. www.bilwiz.info, 1. Ausgabe: Mai 2015
Herstellung und Verlag:
BoD – Books on Demand, Norderstedt, DE
ISBN 978-3-7347-9724-8
Layout: © Eva-Maria-Mehrgardt, Ringsberg, DE

DAS BUCH

Aber dann stand da dieses ungeheure Land, dieser klar und durchsichtig schimmernde Himmel, die tönende Mitternachtssonne, die redende, überwältigende Stille und sie begann mit Bäumen, Tieren, Menschen, Steinen, Trollen und Wolken zu reden. So schlich sich leise, leise die Liebe ein und die Distanziertheit verschwand im Boden, wo sie Krüppelkiefern wachsen ließ.

DIE AUTORIN

Waltraud Breitzke kam in unmittelbaren Kontakt mit einem ihr fremden Land, das da Norwegen hieß, weil ihr Freund sich nur murrend in Deutschland aufhielt. Begeistert war sie nicht, denn beim Betreten von Oslo rief ihr Partner sofort frühere Freundinnen an und redete in einem fließenden Norwegisch mit ihnen, eigentlich zu lange.

Diese Sprache musste also gleich gelernt werden. Mehrmalige, vierwöchige, meist verregnete und arg kühle Wochen in Primitivhütten trugen auch nicht gerade dazu bei, Distanziertheit in übersprudelnde Liebe umzuwandeln. Auch nicht das erfolgreiche Heruntertrainieren auf die Akzeptanz von 16 Grad Wassertemperatur. Doch die Autorin schwamm gerne und Seen, große, glasklare oder endmoränige, mit Trinkwasserqualität gab es genug.

Klogeschichten und andere nordische Geschichten

Waltraud Breitzke

Inhaltsverzeichnis

Klogeschichten

Vorwort	1
Das Inselklo	2
Das Waldschratklo	6
Ein Touristenklo am Homborgasee	10
Dreifaches Aalandklo	15
Ein Wespenklo am Fryssjön	18
Ein Mars-Klo am Lägern	23
Ein feines Wasserklo	32

Nordische Geschichten

Gundels 70.Geburtstag oder der Beginn einer Freundschaft frei nach Heinrich von Kleist	34
Winterurlaub	40
Skotterud	54
Besuch beim Jöstedalsbreen	59
Erinnerungen eines Ganters	69

Klogeschichten

Vorwort

Bis in die 1960ziger Jahre gab es in Norwegen nur eine einzige Technische Hochschule, die in Trondhjem. Für alle Norweger, die ein Ingenieurstudium anstrebten war diese Universität ein leuchtendes Ziel, aber unerreichbar. Sie verlangte eine Abiturnote, die unter der "eins" lag und deshalb für die allermeisten Studenten pures Wunschdenken blieb. Außerdem ging das Märchen von Mund zu Mund, dass es in Trondhjem Studentenbuden geben sollte mit eingebautem Destillierapparat. Kurzum, diese Stadt trug einen Glorienschein. In der Realität mussten die meisten Norweger zum Ingenieurstudium ins Ausland gehen, nach England, Frankreich oder Deutschland. Sie kamen mit ihren Frauen und einem großen Staatskredit, den es im Laufe der Zeit galt zurückzuzahlen. So lernten unsere Touristen, wie im Folgenden die drei Reisenden genannt werden, viele Norweger kennen, da zwei von ihnen selbst Studenten an der Aachener Technischen Hochschule waren und der männliche Part unserer Touristen aus Kriegszeiten perfekt norwegisch sprach.
Unsere Touristen fahren nicht mehr nach Skandinavien, sie sind recht alt und gebrechlich geworden. Sie staunen über Norwegens Modernitäten, über die im Fernsehen berichtet wird und schütteln den Kopf über die selbstbewusste Rasanz, mit der die Norweger inzwischen über Deutschlands Autobahnen stieben in großen BMWs, Audis oder Mercedesen. Es gab einmal eine lange Zeit, in der unsere Touristen Hilferufe aus diesem Lande bekamen, ob man nicht einen neuen, alten Motor für einen uralten VW besorgen könne

und dazu gleich einen nicht so teuren Schwarzarbeiter. Der klapprige Motor schaffte es im klapprigen VW gerade noch bis Flensburg. Nachdem der neue, alte Motor eingebaut war und zusätzlich gleich noch die profillosen Reifen durch runderneuerte gewechselt waren, fuhr der Norweger zum Bauhaus und packte das alte Gefährt bis unters Dach voll mit allerlei praktischen Werkzeugen, Kupferrohre, Fliesen, Farben und andere Gerätschaften, nur um ein wenig später festzustellen, dass man ja noch zwei Kinder, Aldi- und C&A-Einkäufe der Frau dazupacken musste. Total überladen schnaufte der alte VW tief in seiner Federung liegend davon, um ein paar Jahre später zur gleichen Prozedur wiederzukommen.
Unsere Touristen aber fuhren auch nach Norwegen, zum Urlaub, zu einem Urlaub, der billig sein musste und dennoch abenteuerlich genug, um ihn gleich 40 Jahre lang zu wiederholen. Sie trafen dabei auf "stille Örtchen", die ihresgleichen suchten. Davon soll hier die Rede sein.

Das Inselklo

Es ist höchst ungeschickt mit gehäuften Touristenfragen an einem Samstag Nachmittag nach 16 Uhr in einem kleinen, norwegischen Städtchen anzukommen. Die Bürgersteige sind hochgeklappt, das Städtchen ist menschenleer, die meisten Bewohner sind damit beschäftigt, ihre Hütten aus-, um- oder aufzubauen oder bei dieser Arbeit ihren Freunden zu helfen. Zu dieser Arbeit nicht herangezogen zu werden bedeutet, entweder zu ungeschickt oder ein Fremder zu sein. Und davon gibts wenige.
Unsere Touristen kamen nach Farsund gegen 16 Uhr und fanden ein Exemplar der letzteren Sorte an einer Tankstelle

lümmelnd. Sein Norwegisch schien gebrochen, doch konnte er unsere Touristen behende und ortskenntnisreich sich windende, schmalste Sträßchen leiten, die nach ungläubigem Staunen tatsächlich zu so etwas Ähnlichem wie einem Parkplatz am Meer am Ende eines Sträßchens führte. Das Sträßchen hörte einfach auf, das Meer begann.
Unsere Touristen hatten diesmal eine "Hütte" im südlichsten Norwegen gemietet, da, wo das felsige Land sich in größeren und kleineren Inseln und Inselchen und manchmal auch nur mit Felsbrocken im Skattegat verliert und auflöst. Die Insellage war ihnen also bekannt, der festländische Zufahrtsweg zur Bootsanlegestelle nicht. Der Hüttenbesitzer sei auf dieser Insel und läge an diesem Nachmittage in Alkohols Armen, wurde ihnen erklärt.
Unsere Reisenden räumten also ihr Auto leer, das nach dem Prinzip "das Schwerste nach unten" gepackt worden war, wurden in den Tiefen des Wagens des Schlauchbootes ansichtig und machten sich auf die beschwerliche Suche nach dem Blasebalg. Auf dem schmalen Parkplatz wuchs unterdessen das Chaos, was aus Aldi-Büchsen, Handtüchern, Gummistiefeln, Spielzeug, Kartoffelsalatgläsern, Schlafsäcken, Angelruten, Brotmessern, Bücher zum Lesen und Vorlesen, Kompass, Toilettenpapierrollen, Trillerpfeifen und der norwegischen "Mückenspirale" bestand. Mit ihrem Boot, zwei Seesäcken und zwei bleischweren Koffern landeten unsere Touristen in Langö an, fanden den Hüttenbesitzer mit leicht glasigen Augen und rotem, wirrem Haar und Bart, barbusig und bärenstark. Als ob die Koffer nur mit Federn gefüllt wären ging er leichtfüßig mit ihnen pfeifend den Hang hinauf zu seinem alten Elternhaus, das er als "Hütte" unseren Touristen vermietet hatte. Diese wurden in diesem Jahr von der Sonne so verwöhnt, dass nach

kurzer Zeit der Sohn unserer Touristen nur noch ein ertrunkenes Mäuschen im Brunnen fand, aber kein Trinkwasser mehr. Von nun an musste der hüttenvermietende Vikinger Trinkwasser per Boot heranschaffen. Fließendes Wasser in Haus und Küche war in so manchen "Hütten" ein Phantasiegebilde. Geschirrspülung, Körperreinigung und gelegentliches Reinigen und Ausnehmen von geangelten Fischen musste von nun an unten am Ufer auf Steinen im salzigen Brackwasser erledigt werden, wobei Geschirr und Haut eine leicht klebrige Schmierschicht übergezogen bekamen. Die unter den Uferfelsen wohnenden Wollhandkrabben aber gingen aufgrund des veränderten Wassergeruches auf "Hab-Acht-Stellung" und preschten wild entschlossen hervor, sobald sie der Fischblutgeruch alarmierte.

Jede wollte möglichst das größte Stück des eben abgetrennten Fischabfalls ergattern. In der Hitze des Konkurrenzkampfes aber erwischte eine von ihnen mit ihren scharfen Scheren einen noch intakten, am lebenden Gesamtobjekt angewachsenen, kleinen Finger. Ein Schmerzensschrei brauste über die Insel.

Als kleine Bergwanderung entpuppte sich der Gang zum "stillen Örtchen". Es war eingebaut in die ehemalige Scheune dieses kleinen, felsigen Anwesens. Die Scheune selbst thronte auf der Kuppe eines Felsens oberhalb des Wohnhauses. Bei geöffneter "Klotür" konnte man, sitzend auf einem Brett mit Loch, das nackte Hinterteil kühl umfächelt von müder Abendbrise, die reizende Schärenwelt, das blaue Wasser, den bummelnden, weißen Schönwetterwölkchen und die funkelnd über das Meer von der Sonne hingegossenen Lichtdiamanten bestaunen. Das glückliche Auge aber war nur so lange glücklich, so lange das unglückliche Hinterteil noch nicht fröstelte. So beschloss der Herr

von Auge und Hinterteil den Toilettengang so lange hinauszuschieben, bis die Schließmuskeln streikten. Dann aber sah das beseelige Auge vom Scheunenklo aus die Inselwelt des Meeres im flammenden Orangerot des Sonnenunterganges erglühen. Märchenhaft. Das lächelnde Ohr vernahm die Nachtrufe des nebenan wohnenden Käuzchens, das äußerst besorgte Hinterteil aber lehnte sich auf, da die säuselnde Brise in kalten Abendwind übergegangen war.
Eines Tages bot auf der festländischen Seite dieses Urlaubsparadieses eine Norwegerin eine große Kiste voller reifer Süßkirschen zum Kauf an.
Die Norwegerin war froh, die überreifen Kirschen los zu sein, unsere Urlauber aber stürzten sich voller Gier auf die frische, eben gepflückte Ware. Sie naschten so lange bis keine Kirsche mehr übrig war.
Im Sommer hat es die Nacht nicht eilig da oben im Norden und kann kaum als solche bezeichnet werden. Es ist ein durchscheinendes, träges Hellgrau, gelehnt auf Meer, Dünung und Felsen. Ein gelassenes Währen von wenigen Stunden. Ein Glück für unsere Urlauber, denn ihr stets aufrechter Klogang hatte sich in gekrümmte Zuckungen verwandelt, das normalerweise in Vorfreude leuchtende Gesicht des Klogängers in Schweißausbrüche aufgelöst. Die kühle Nachtbrise kam vorbei, fuhrwerkte im hölzernen, quadratischen Fallrohr des Scheunenklos nach Gerüchen suchend, die sie vielleicht ihrem Kameraden, dem Meer mitbringen konnte, fand die vergährten Kirschen und säuselte aufjaulend davon.
Nie haben unsere Urlauber die Entsorgungsmöglichkeiten dieses Scheißhäuserls untersucht.

Das Waldschratklo

Finnland gehört auch zu Skandinavien. In dieses Land fuhren unsere Touristen im nächsten Jahr. Sie wollten ausprobieren, wie es sich so ohne sprachliche Verständigungsmöglichkeiten im Urlaub lebt. Freilich, in den größeren Städten wie Turku, Lappeenranta oder Helsinki kamen sie mit Englisch, Schwedisch oder gar Deutsch durch, immerhin schrieb man an finnischen Universitäten bis 1924 seine Dissertationen auf deutsch. In arge Bedrängnis aber kamen unsere Reisenden auf dem Lande, in höchst einsamen Waldes- und Seengebieten. Nur mit yksi, kaksi, kolme oder laipää kam man nicht zum gewünschten Ziel, wenn man etwa nach einem Waldwege fragen musste. Mimik und Gestik nützten da auch nichts. Und wie löste man sich schlagartig verfinsternde Mienen, wenn man es auf russisch versucht hatte?

Genug Abenteuer lagen schon hinter unseren Reisenden als sie nach endlosen Irrfahrten durch scheinbar unendliche Wälder beim ratlosen Verweilen am parkenden, vollgepackten Wagen auf holprigem Waldwege menschliche Juchzer durch die abendliche Stille perlen hörten. Dabei entdecken dann unsere Touristen, dass von diesem Waldhauptweg unscheinbare, kaum wahrnehmbare, grasbewachsene, schmalste Seitenpfade abgehen.

Diese Spuren führen alle zur Wasserkante des riesigen Saimaa-Sees. An jedem Pfadende steht eine Hütte! Jetzt brauchen unsere Urlauber nur noch eine unbewohnte, dem Bild, das ihnen die Touristenzentrale zugeschickt hatte, entsprechende Hütte mit dem passenden Schlüssel unter der Fußmatte zu finden. Erlöst, entspannt, glücklich stehen daraufhin unsere Reisenden auf dem richtigen Hütten-

grundstück an Wassers Rand und genießen die tiefe Ruhe der Waldeinsamkeit, nichts Böses ahnend. Nur ab und zu hüpfte noch ein einzelner Juchzer leise über den unermesslich großen See. Finnen lieben ihr Dampfbad so über alle Massen, dass als heilige Handlung zuallererst bei Hüttenankunft die Sauna angeheizt wird.

Unseren Touristen aber näherte sich eine Begrüßungsabordnung mit schockierenden Schallwellen! Legionen von Mücken stürzen sich heißhungrig auf unsere Urlauber, entzückt von dem kommenden Festschmaus des frischen, bisher nicht gekosteten Touristenblutes. Unsere Reisenden stürzen für diesmal zwar in die Hütte, müssen sich aber in den nächsten drei Wochen darauf einstellen, juckenden Wegezoll zu entrichten: Beim Laufschritt von der Sauna zum See und zurück, wobei sie beim Eintauchen in dessen ziemlich kaltes Wasser genauso juchzen wie die Einheimischen.

Auf dem Wege zum Brunnen, der gleichzeitig als Kühlschrank dient und zurück. Dabei war besonders viel Blut abzuliefern, denn beide Hände brauchte man zum Bedienen der Brunnenseilwinde. Den Luxus von fließendem Wasser in der Hütte brauchte man ja nicht angesichts der riesigen Wassermassen vor den Fenstern. Zu lernen war ebenfalls die etwas schwierige Gegenläufigkeit zweier Bewegungen beim abendlichen Zähneputzen am See: Die Auf- und Abwärtsbewegung der rechten Hand mit der Zahnbürste und die schnelle, kreisrunde Bewegung mit der linken Hand mit einem Handtuch zur Abwehr der unermüdlichen Quälgeister. Zu lösen war noch ein anderes Rätsel: Woher kamen all die Mückenstiche des nachts im

Schlafsack liegend? Nachdem man mit hässlichen Gelüsten und genauester Akribie die Lebenslust sämtlicher tagsüber vielleicht in die Hütte geschlüpfter Stechbiester ausgelöscht hatte, war deren blutsaugerische Tätigkeit eigentlich nicht mehr möglich. Den Abend hatte man auf höchst romantische Art bei Stille, leisem Herannahen der Dämmerung, den melancholischen Rufen der Prachttaucher und der meditativen Betrachtung von windbewegtem See und Wald hinter den Fenstern verbracht, damit sich über die Nichtbenutzbarkeit der wundervollen Terrasse hinwegtröstend. Mit dem Ingangsetzen der Petroleumlampe war man nach einigen erfolglosen Versuchen auch vertraut. Bei absoluter abendlicher Einsamkeitsstille schlief man ein, bei morgendlicher absoluter Einsamkeitsstille wachte man auf. Woher kamen dann die unausgesetzt juckenden Hautstellen an Armen und Gesicht?
Dann, in der 4. oder 5. Nacht kam der schrille Alarm: "Aufwachen, die Mücken sind da!!" Die hektische Suche führte schnell zur Einflugschneise des Stechgetiers: Der Schornstein des Kamins! Bevorzugt gegen 4 Uhr morgens begannen sie den Angriff auf das Blut der friedlich Schlafenden. So kamen die beiden Erwachsenen unserer Touristen zum wechselnden Schichtdienst beim Entzünden der norwegischen "Myggspiralen" im Kamin. Das half.
Der "stille Ort" - "Örtchen" wäre fehl am Platze - dort war ein grob zusammen genageltes, rauhes Gebilde aus schon sehr verwitterten, ungehobelten, dicken Brettern. Eine grob behauene Holzstufe sorgte für den erforderlichen Hochsitz des Brettes mit dem großen Loch. Eine Holztür gab es auch zu diesem, eher für einen zotteligen, stark behaarten Waldschrat gedachten Ort. Die Brettzwischenräume ließen für den armen Sitzenden freie Aussicht auf den durch die

Baumstämme schimmernden See, aber auch freien Zuflug für alle Arten von Stechgetier. Durch die Wärme und den Geruch des Ausgeschiedenen wurden auch wohlgenährte, dicke Pferdebremsen angelockt, die gar nicht daran dachten, anschließend wieder wegzufliegen. Sie waren so graufarbig wie das verwitterte Holz ringsherum und gaben sich mit dem Suchen von versteckten Hinterhalten erst gar nicht ab. Sie warteten weithin sichtbar auf ihre Opfer. Der arme, bedrängte, menschliche Klogänger aber hatte seine Schließmuskeln so zu beherrschen, dass er noch gerade Zeit fand mit dem eigens dafür bereitgelegten , alten Handtuch durch Herumwirbeln desselben dafür zu sorgen, dass nicht sofort zugestochen wurde. Das hilflos entblößte Hinterteil war danach sowieso der Schutzlosigkeit des Zustechens ausgeliefert. "Gespült" wurde mit ungelöschtem Kalk. Die Benutzung dieses grobschlächtigen Waldschratklos erforderte viel mutige Entschlossenheit von menschlichen Besuchern. Der Weg zwischen Hütte und "Draußenklo" ging durch dichten Wald und glich einem Wildwechsel durch hohes Blaubeerkraut mit den lockersten Beeren. Bei Regen bot sich der dort wohnenden Wacholderdrossel ein unpassendes Bild: Da stapften drei menschliche Wesen, angetan mit gelbem Friesennerz, knallgrünen Gummistiefeln und rotem Regenschirm durch ihren nässesprühenden Wald. "Menschen sind unnütze und unbegreifliche Geschöpfe", keckerte die Drossel, flüchtete auf einen Ast und schüttelte mit einer Bewegung die vielen Tröpfchen aus ihrem wohlgefetteten Gefieder.

Ein Touristenklo am Hornborgasee

Vor langer, langer, langer Zeit ließ ein abschmelzender Eiszeitgletscher ein kleines, unscheinbares Wässerlein oben im Norden zwischen den beiden grossen, schwedischen Seen Vänern und Vättern liegen. Viel später floss munter ein kleines Bächlein hinein, ließ sich von dem trägen, morastigen See einfangen zur Langsamkeit und entwischte unerwartet schnell dieser faulen Bummelei am anderen Ende des Sees, als ob es froh wäre, diesem umsponnenen Dahinsinken entronnen zu sein.

Noch etwas später siedelten Menschen sich dort an, Bauern, die auf viel zu kleinen Ackerflächen viel zu viele Mäuler zu stopfen hatten. Sie legten große Teile des in ihren Augen nutzlosen Sees trocken, um mehr Ackerland bebauen zu können. Ihre Arbeit war schwer, ihre Sorgen groß und so bauten sie an dem einen Ende des Sees eine Kartoffelschnapsdestillerie. Zur knochenverschleißenden Erntezeit bückten sie sich nicht nach allen Kartoffeln. Gar manche blieben liegen, Schnee und Kälte kamen, die schwedischen Winter können lang sein. Im Frühjahr schauten Kraniche vorbei. Sie schauten dort schon lange vorbei, liebten sie doch diesen See und seine flachen Buchten. Kraniche übernachten bis zu den Knien im Wasser stehend aus Schutzbedürfnis vor den Angriffen von Fuchs und Wolf. Diesmal fanden sie erfrorene Kartoffeln! Ein Leckerbissen. Das sprach sich in Kranichkreisen herum. Es wurden ihrer mehr und mehr, die vorbeischauten.

Vor etwa 30 Jahren schaute ein schwedischer Naturforscher vorbei und beschloss, so lange Überzeugungsarbeit zu leisten, bis sein Staat aus diesem See sein größtes Renaturierungsprojekt machen würde. Den Bauern wurde das

Uferland abgekauft, das weit in den See hineinwuchernde Schilf wurde abgemäht. Der Wasserspiegel wurde gehoben und der Lauf des Flüsschens beschleunigt, indem man einen Deich mit kontrolliertem Abfluss baute an einem Ende des Sees.

Alles, was Flügel hatte bekam große, neugierige, wachsame Augen. Sie begannen diese Gegend auszuprobieren, eine Gegend, von der ihre Großeltern schon geschwärmt hatten. Graugänse und Raben kamen zuerst, dann Gänsesäger, Hauben- und Schwarzhalstaucher, dem Vogel mit der leuchtenden, goldenen Feder am Kopf während der Brutzeit, Bekassinen, großer Brachvogel und die Rohrweihe folgten. Löffelenten, Zwergtaucher, Singschwan, Teichrohrsänger, Sprosser, Kampfläufer, Seeschwalbe kamen hinzu. Den Schluss bildete der Fischadler, die so seltene Rohrdommel und tausende von Kranichen.

Die Naturschützer bauten Beobachtungstürme, Wanderwege und ein Informationszentrum, in das unsere Touristen eines Tages, völlig übermüdet von der langen, nächtlichen Anreise, hineinstolperten: „Könnte man hier auch übernachten?" fragten sie scheu.

Die junge Vogelschützerin maß verstohlen die drei vor ihr Stehenden, drehte sich um und zeigte auf ein winziges, rotes Holzhäuschen: „Das ist unsere Forscherhütte, sie hat kein fließendes Wasser. Das muss vom nächsten Bauernhof geholt werden. Das gelbe Touristenklo muss mitbenutzt werden. Die Nacht kostet für jeden von euch 10 Kronen!" Unsere Reisenden waren selig.

Weitab jeglicher Zivilisation, sich übend in der hohen Kunst des Wassersparens, versanken sie in Zeit- und Wunschlosigkeit, nur begrenzt durch Morgen- und Abendrot, was im April noch sehr ausgeprägt da oben im Norden ist und

verlängerten ihren optischen Sinn durch Kameras und Ferngläser. Einen Wecker brauchten sie nicht. Bei frühester Morgendämmerung – so etwa gegen 4 Uhr – hämmerte ein wütender Bachstelzenhahn mit aller Kraft gegen die Fensterscheibe, um seinen dort befindlichen, vermeintlichen Konkurrenten zu vertreiben. Es gelang ihm nie sein Spiegelbild in die Flucht zu schlagen. Na, dann musste man eben zum Äußersten entschlossen sein Bild im Außenspiegel des dort unnötigerweise herumstehenden Autos bekämpfen mit der letzten, wirksamsten Waffe eines Vogelmännchens: Großschiss! Überall hin auf hochrotem Autolack.

Eins mit der Natur beobachteten unsere Schwedenfahrer: Rennende, sich pausenlos jagende und boxende Hasen, am Himmel fliegende, Kapriolen schießende, meckernde Bekassinen, schrill warnende, ausgiebig stochernde große Brachvögel, meckerndes Stoßschimpfen eines in seiner Werbung gestörten Rehbockes, sonore Krächzlaute der Kolkraben, das kopfschüttelnde Hochzeitsritual der Haubentaucher, das schmetternde Frühlingsbegrüßungslied der Goldammer, das süße Geflöte des Braunkehlchens, den zwitschernden Fühlungslaut der Zwergschnepfe, das so geschickte Tauchen nach kleinen Fischchen der Seeschwalbe, den das Männchen als Hochzeitsgabe benutzt, den Schrei des Fischadlers und über allem, die Luft erfüllenden, lebenstriumphierenden Trompetenstoß der Kraniche.

Dieser prachtvolle, große, graue Vogel. Er kann zusammen mit seinem Weibchen so unnachahmlich elegant und stolz einherschreiten, aller Welt jedes Jahr aufs Neue zeigend: „Seht her, ich und mein Weibchen gehören zusammen für alle Zeit, mag kommen, was wolle!" Und der Kranich tanzt, den anmutigsten, hinreißendsten, zauberischsten Tanz, den es in der Vogelwelt gibt. Viele Menschen verfallen dieser

Tanzmagie so, dass sie kein Frühjahr dort oben am Hornborgasee verpassen. Einen Nachteil jedoch hatte diese Forscherhütte: Am Tage ziehen Touristen vorbei, bewaffnet mit Rucksäcken und stativbewehrten Ferngläsern in endlosen Scharen oder vereinzelt.

Mit ihnen zu teilen hatte man das „stille Örtchen". Das war ein großer, gelber Plastikkasten. Er hatte vier Sitzabteilungen mit jeweils einer eigenen Tür. In jedem Kabäuschen liegt auf gelber Plastikbank auf dem Loch ein weißer Klodeckel – welcher Luxus. Jede Woche kommt ein Spezialwagen und entsaugt die vier Kübel, die mittlerweile tüchtig stinken, und jeden Morgen kommt eine Putzfrau mit Wassereimer und Feudel. Im zweiten Jahr des Frühlingsaufenthaltes unserer Touristen hatten die Schweden an der rechten Seite dieses Plastikhauses eine grosse Edelstahlrinne mit drei Wasserhähnen anmontiert. Und tatsächlich konnte man sich dort die Hände waschen oder morgens vor dem Einsetzen des Touristenstromes die Zähne putzen und seinen Wassertank füllen. Leider nur war im dritten Jahr bei der Ankunft unserer Reisenden im April diese so praktische Wasserleitung eingefroren.

Wenn am Abend alle Touristen verschwunden, die ewig kakelnden Graugänse zu Ruhe gekommen, nur der See, die Natur, der Himmel und die Tiere in unmittelbarer Umgebung noch anwesend sind, wagen es unsere Reisenden die Klotür offen stehen zu lassen. Sie sitzen und lauschen fasziniert in die abendliche Stille hinein und warten. Und manchmal kommt er: Der geheimnisvolle, 5 km weit hörbare, tiefe, sonore Basston der Rohrdommel. Ein ewig unvergessener Ton. Manchmal schwebt über dem tief dunkelroten Himmel ein einsamer, verlorener Kranichruf oder das so dunkle Buuuuhhhuu der Waldohreule. Sie hat auf

dem Dach des Hüttchens Platz genommen und wird gleich ihren Balzflug vorführen, da unsere Touristen sie getäuscht haben, indem sie ihren Ruf imitiert hatten: Einen Flug rund um das Hüttchen mit klatschenden Flügeln, und das von einer Eule, die ansonsten lautlos fliegt. Wenn nach 22 Uhr automatisch die einzige Wegbeleuchtung ausgeschaltet wird, vergessen unsere drei Touristen sogar sich selbst beim Anblick des unaussprechlich wunderbaren Gefunkels der Milchstraße, der Ewigkeit über ihnen und werden zum Staunen. Millionen von Sternen da oben, Sternenstaub hier unten.

Dreifaches Aalandklo

Ein paar Jahre später erkundeten zwei unserer drei Touristen die im nördlichen Drittel der Ostsee gelegenen Aalandinseln. Geologisch gesehen eine Inselwelt, die sich mit wenigen Millimetern pro Jahr aus der Ostsee empor hebt, im übertragenen Sinne eine etwas hilflose, finnische Geste des scheuen Ausstreckens von Landarmen in Richtung Westen, im Rücken den raubgierigen Blick des russischen Bären. Aaland besteht aus tausenden von unbewohnten kleinen und kleinsten Inselchen und hunderten von kleinen und größeren bewohnten Inseln. Politisch gehören diese Inseln zu Finnland, die Einwohner jedoch sprechen schwedisch, was unsere Touristen sehr freute.
Sie wohnen in einer Hütte mit fließendem Wasser und halbwegs bequemen Möblement, jedoch mit „utedo", wie das „Häuserl" auf skandinavisch geheißen wird, ein Klo, das sich außerhalb der Hütte befindet. In diesem Falle steht es mitten auf einer Wiese, ist sauber und ordentlich zusammengefügt, blau gestrichen. Sogar eine Matte liegt auf der knappen Stufe zur Sitzbank mit dem besagten Loch. Der darunter stehende Plastikbehälter ist jedoch mit chemischer Flüssigkeit gefüllt, deren Geruch schon in unbenutztem Zustand höchst unangenehm ist. Wurde sie aber ihrem eigentlichen Zwecke zugeführt, verdichtete sich das, was die Nase beunruhigte zu einem unerträglichen Gewaber, das der häufige Regen auf die rings herum wachsenden Gräser niederschlug.
Unsere Reisenden suchten nach einem Ausweg und wurden fündig. Dabei stellte es sich aber heraus, dass das nun der zeitaufwendigste Toilettengang aller 40jährigen Skandinavienfahrten wurde: Zunächst musste die Putz- und Flick-

stunde zweier Fasanenfamilien abgewartet werden, die täglich gegen 11 Uhr vorsichtig einer nach dem anderen auftauchte und nach ausgiebiger Sicherung auf die oberste Kante des Bretterzaunes hüpfte. Zum Schluss saßen etwa 12 Vögel aufgereiht auf diesem Zaun und begannen mit ihrer Morgentoilette, die beiden prachtvollen und stolzen Hähne sicherten jeweils das Ende der Vogelreihe. Dieser Zaun umschloss den Garten der Hüttenvermieter. Dort wuchsen Kartoffeln und Dill in solchen Mengen, dass unseren Touristen der Genuss derselben jederzeit gestattet war. Außer in den selbstgepflückten Blaubeer-Nachtisch kam deshalb Dill in so reichlichen Mengen in jedwede Nahrung, so dass man von einem dillüberwucherten Urlaub sprechen könnte.

Zum geruchsneutralen Klo"gang" musste ein Boot benutzt werden, ein Boot, das zur Ausstattung der Hütte gehörte und mit dem mitgebrachten Außenborder unserer Touristen lief. Der Motor musste anspringen, was er oft aus Widerpart nicht tat, es durfte nicht in Strömen regnen und das Klobedürfnis noch nicht überwältigend sein. Vorbei ging es am Brutplatz des Rothalstauchers, der mit leisem Zureden zum Sitzenbleiben überredet werden musste, vorbei an einem wütenden, um die Felsennase hervorschießenden Kanadaganter, der alle Anzeichen eines sofortigen Überfalls zeigte und vorbei an zwei auf Holzpfosten befestigten Gänsesägerbrutkästen, aus denen die Weibchen äußerst besorgt ihren Federharnisch bewehrten Kopf herausstreckten. Hatte man alle diese Aufgaben zur Genugtuung des Herzens erledigt, kam man in einen verwunschenen, winzigen Hafen, der geschützt mitten in dichten Wäldern lag, scheinbar unbenutzt. Nur durch einen glücklichen Zufall hatten ihn unsere Touristen entdeckt. Nie fanden sie dort ein Boot oder gar einen menschlichen Besucher vor.

Der Hafen besaß einen ordentlichen, wenn auch kleinen Kai, ein Telefon, von dem man zu Zeiten als das Handy noch nicht erfunden worden war, ins Ausland telefonieren konnte, wenn man Glück hatte und einen abschließbaren, weiß gekachelten Duschraum mit warmem Wasser und Toilette. Alles wohlgepflegt und kostenlos. Oh, was für ein behagliches Glück für unsere Reisenden, die dieses Glück auch weidlich nutzten.

Mit Hilfe von Messtischblättern erkundeten unsere Urlauber nicht nur per Boot diese verwirrende Inselwelt, sie fuhren auch per Auto alle vorhandenen Straßen und Weglein ab, die nur allzu oft an Fähranlegern endeten. Diese Fähren aber kosteten nichts, denn sie waren ja nichts als Verlängerungen der Straßenverbindungen. „Nun fahr doch weiter!", sagte eines Tages der Mann zur Frau, die etwas ängstlich beobachtete, wie der „Weg" zwischen den Bäumen schmaler und schmaler wurde und sich zum Schluss irgendwie verlor. „Ich kann ja nicht wenden!", jammerte sie. „Na, dann fährst du halt rückwärts!" Der „Weg" bekam Tannennadelbelag, Moos erschien und Blaubeerkraut und schließlich endete er auf einem „svaberg", einem wundervoll abgerundeten Felsenstück, von denen es in Skandinavien Millionen gibt, alle sauber und glatt abgeschliffen von eiszeitlichen Gletschern. Am Ende dieses „svaberges" fiel das Felsenstück senkrecht in die Ostsee ab. Unsere Touristen hatten nur ein ganz normales Auto, keines, was fliegen konnte. Die Frau stoppte und das Auto und unsere Reisenden hielten den Atem an: Vor ihnen lag bis zum verblauenden Horizont das Meer. Der ungehinderte Blick fand die leicht verschwommene Linie, wo der Himmel ins Meer übergeht oder das Meer in den Himmel. Die Seele konnte fliegen, so lange und so weit sie konnte. Was für ein

Anblick von dieser Höhe. Nachdem das Auto sicherer geparkt worden war, erkundeten unsere Touristen die nähere Umgebung, fanden einen hölzernen Rundbau mit großen Fenstern, jedoch fest verschlossen. Wenige Schritte davon entfernt stand das verwitterte, schon leicht schief stehende, verlassene, sonnengebleichte Holzhäuschen mit dem besagten Loch. Es war das wundervollste, einsamste Stückchen Erde mit dem prachtvollsten Panoramablick aller Zeiten und Gegenden.

Ein Wespenklo am Fryssjön

Zukunftsfroh und guten Mutes fahren unsere Touristen auf einem holprigen, staubigen Waldweg am Fryssjön, einem der kleineren norwegischen Seen, entlang. Der Hüttenkatalog hatte ihnen ein Hüttchen direkt am See versprochen. Dieses Faktum ist eine große Seltenheit in Skandinavien. Es gibt das „Strandgesetz", nach dem Grundstücks-Eigentum erst 200 Metern vom Ufer beginnen darf. Alle Menschen sollen Zutritt zum Wasser haben.
Unsere Reisenden werden enttäuscht, das Hüttchen liegt nicht am Wasser. Zwischen See und Hütte verläuft jener Waldweg, auf dem sie kamen. Der See sollte jedoch quasi ihr Badezimmer sein – ein wenig zu einsehbar, wie nun unsere Urlauber meinten. Den Hüttenschlüssel suchten sie auch vergebens unter der Fußmatte oder auf dem Türsturz. Stimmungsgedämpft machten sie sich auf die Suche nach der Trinkwasser-Quelle, die, laut Hüttenkatalog, in 200 Meter Entfernung zu finden sein sollte. Dort sprudelte keine Quelle und nach der Beschaffenheit des Waldbodens zu urteilen, war dort auch nie eine Quelle gesprudelt. Was nun? Leicht ergrimmt und aufgebracht fuhren unsere Touristen

auf demselben staubigen Waldweg zurück zur Kleinstadt Kirkenaer, wo der Hüttenbesitzer ein Sägewerk betreiben sollte. „Der? Der ist in Urlaub, kommt erst in 14 Tagen zurück! Ach ja, der Hüttenschlüssel. Vergessen zu sagen! Der liegt bei Fru Övind in der „Ensomhetsstellet" (Einsamkeitsstelle) ein paar Meilen im Wald hinter der von euch gemieteten Hütte!", erfahren unsere Reisende. Sie hatten beim dritten Mal des Befahrens jenes staubigen Waldweges nur eine dringliche Bitte im Herzen, Fru Övind möge zu Hause sein und nicht als Waldfee unterwegs. Sie war zu Hause, eine gütig lächelnde, ältere Dame in Blau, und bemerkte zu der nicht vorhandenen Quelle leuchtenden Auges: „Neeeiiin, dort hat es nie eine Quelle gegeben, aber dort, wo die drei mächtigen Fichten vom Waldweg aus zu sehen sind, dort gibt es die wunderbarste Quelle der Welt!" Unsere Touristen glaubten den leuchtenden, blauen Augen und fanden aus der Erde sprudelndes, reinstes, klarstes, edelstes Wasser, unfassbar für an Unvollkommenheit gewöhnte, zivilisierte Menschen. Hier sprudelte wahrhaftig göttliche Reinheit. Ausgesöhnt und fast heiter empfanden unsere Touristen diese Makellosigkeit. Nie in ihrem Leben würden sie diese Makellosigkeit wieder finden. Jedoch…..! Jedoch war diese Makellosigkeit nicht allein für Menschen gedacht, auch das aus Finnland wohl bekannte Stechgetier schätzte die Reinheit. Und so war mal wieder hoher Blutzoll zu entrichten.

Lieber Leser, hast du schon mal Wasser, zwar von der vollkommensten Art, aber dennoch Wasser in Schüsseln und Eimern im rüttelnden Auto transportiert? Es ist ein schwieriges Unterfangen. Unter allen Umständen ist der goldene Mittelweg heraus zu finden zwischen überflutetem Autoinnenraum und der Reduzierung von Ferienbeschäftigungen

auf Wasserholen. Altnorwegisch und museumsreif waren alle Sitzgelegenheiten in der Hütte. Aus hohen Baumstammstücken war im oberen Drittel eine „Lehne" gerundet herausgefräst. Solcherart standen vier Sessel vor den Fenstern zum See und warteten auf die müden Rücken unserer Touristen. Sie saßen dort gar nicht mit leuchtenden Augen am grob gehobelten Tisch mit den tiefen Rissen in der Holzplatte. Kein Kissen weit und breit.

Nordische Altvordere hatten ja auch darauf gesessen, warum sollte es modernen Touristen nicht auch zugemutet werden??

Eines Abends brachte der Sohn unserer Urlauber begeistert eine dicke, fette, warzenbestückte Erdkröte in einer dicken, alten, blauen Sauciere zum allgemeinen Bestaunen in die Hütte. Fortan weigerte er sich in seinen Schlafsack zu kriechen bevor nicht diese hässliche Kröte zu Hause war. Sie wohnte unter der Hütte und geduldig saß der Knabe auf einem Felsen und wartete auf sie, jeden Abend. Man musste jedoch am frühen Morgen wieder aufstehen, denn leider hatte der Vater dem Sohne vor Tagen schon gezeigt, wie versessen Schafe auf Salz sind. Damit der Besitzer sie im Walde wieder findet, wird mehreren Schafen eine Glocke umgehängt, womit sie durch den Wald bimmeln. Ganz früh am Morgen bimmelten also die Schafsglöckchen vor der Hütte, ihr geliebtes Salz einfordernd. Nach mehreren Tagen des frühen Aufstehens fanden das unsere Touristen gar nicht mehr lustig und vertrieben die Schafe mit Steinwürfen.

Der „stille Ort" ist nicht still, ganz und gar nicht! Es findet dort ein fleißiges Ein- und Ausgebrumm von äußerst wehrhaften Insekten statt. Scheinbar waren diese Insekten für lange Zeit sich selbst überlassen. Aber nun kommen da

Störenfriede! Unsere Touristen müssen aufs hölzerne Klo im hölzernen Anbau der hölzernen, altnorwegischen Hütte. Ohne der tierischen Behausung derselben gegenwärtig zu sein öffnen sie die hölzerne Tür und werden augenblicklich angegriffen. Angegriffen von Wespen aus einem von der Holzdecke und am Türsturz hängenden dicken, papiernen Nest. Touristenbeine legten einen Schnellstart hin zur rettenden Hütte, wo sie beratschlagten, was jetzt zu tun sei. Unter diesen Umständen war es ihnen auch unmöglich, die Volumenkapazitäten all der herumstehenden Kübel zu untersuchen. Es standen rechts vor dem Klo aufgereiht 5 Kübel und einer, vermutlich, unter dem Holzbalkenloch. Etwas später stellten unsere Urlauber entsetzt fest, dass 4 Kübel bis zum Rand gefüllt waren, der fünfte keinen Boden hatte, dafür aber klebte ein bewohntes Wespennest unter dem hölzernen Deckel. Gestunken hatten diese Kübel nicht, sie mussten also schon eine geraume Zeit dort herumgestanden und sich entmüffelt haben.

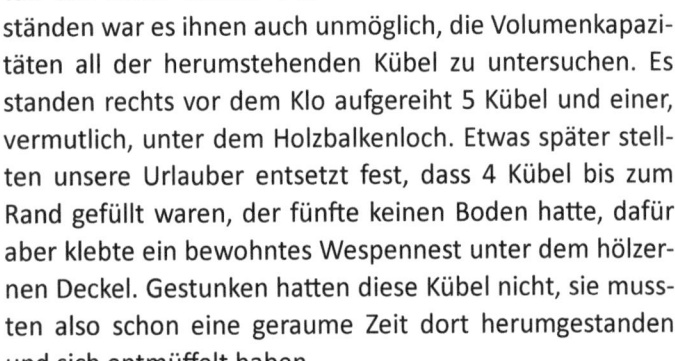

Bei jedem Bedürfnis hatten nun unsere Touristen eine mühsame Arbeit vor sich: Von nun an gingen sie mit ihrem Spaten, der immer im Auto deponiert war, in den umgebenden Wald. Allerdings ist der Waldboden in Norwegen karg, karg mit Erde bedeckt, die hundertfach mit Wurzelwerk durchzogen ist. Die Bäume krallen sich mit aller Kraft in der flachen Muttererde fest, denn darunter ist Fels. Fels wirklich überall. Für Menschen ist es Schwerstarbeit ein Loch oder auch nur ein Löchlein zu graben. Wütend wie die Wespen fuhren unsere Touristen wieder in die Kleinstadt Kirkenaer und fuhrwerkten böse mit deutschen, englischen und

norwegischen Lauten stechend in die Sägerei hinein. Nur mühsam und zeitaufwendig konnten sie durch die dortigen Arbeiter beruhigt werden mit dem Versprechen, morgen kommen zu wollen und Abhilfe zu schaffen. Danach kauften unsere Urlauber, die sich nicht mehr als solche fühlten, jede Menge Insektenvernichtungsmittel. Damit wurde in einer hoch gefährlichen Aktion den Wespen der Garaus gemacht. Diese drei getöteten Wespenvölker wurden ein paar Tage später durch ein Erdwespenvolk gerächt, das die friedlich Blaubeeren Pflückenden überfiel und ihnen schmerzhafte Stiche versetzte.

Der Spaten wurde nicht mehr gebraucht, die Sägereiarbeiter hatten ihr Versprechen eingelöst. Die Klogänge wurden friedlich und befriedigend. Die Aussicht von dort war nicht der Rede wert. Man sah außer Bäumen nur eine kleine, kahle, sandige Grube, in der eine total verrostete Tonne stand, die zum Verbrennen des anfallenden Mülls gedacht war.

Durch all die unfreundlichen Umstände stark vergrätzt, ließ der männliche Part unserer Touristen seine Gedanken des nachts umgehen und erwischte einen Ideenblitz: Es wohnte in ziemlicher Nähe dieser Hütte sein ältester norwegischer Freund aus Besatzungszeiten in Deutschland. Ihn hatte er lange nicht gesehen. Am nächsten Morgen rief unser Tourist von der besagten Kleinstadt aus an. Ove und Margrete kamen mit selbstgebackenem Kuchen angefahren, besichtigten die Hütte, schüttelten die Köpfe und meinten: „Was habt ihr es nötig so schlechte Hütten zu mieten! Bei uns steht ein ganzer Bauernhof leer. Wenn unser Sohn Ola mit seiner Ausbildung fertig sein wird, wird er dort wohnen. Aber das dauert noch. Nur ab und zu bearbeite ich die umliegenden Felder mit dem Traktor, ansonsten seid ihr dort

völlig alleine!" Damit war für die nächsten Jahre die Problematik primitiv-heikler Klos gelöst und unsere Touristen wohnten in den nächsten Jahren auf einem einsam gelegenen, ein weites, von Elchen gern besuchtes Tal, überblickenden Bauernhof mit Toiletten-Wasserspülung.

Ein Mars-Klo am Lägern

In bequemen Kurven stieg die Straße vom „Smaalandske Höglandet" herab und verabschiedete sich in einer eleganten Kurve am südlichen Ende des Sees Lägern. Dort lag einsam ein winziger Rastplatz. Unsere Touristen hielten an, stiegen aus und schauten über den See. Die eindringliche Bläue des spiegelblanken Sees vereinigte sich in perfekter Weise mit dem in seltener Windstille schimmernden Blau des Himmels, zwischen sich die glasklare, unnachahmliche, skandinavische Lichtfülle. In jenen schwebenden Glücksmomenten formte sich still tief unten in unseren Reisenden der Wunsch, es möge an diesem See sich eine Hütte für sie finden. Vom reinen Entzücken wieder in der Realität gelandet, fanden unsere Urlauber eine kleine, verwitterte Holztafel mit einem wohl erst kürzlich angehefteten Zettel. Dieser enthielt die Beschreibung eines kleinen Hüttchens an diesem See. Was für ein Zufall! Unsere Touristen folgten der Beschreibung dieses Zettels und kamen in die nächste Verwunschenheit. Sie fanden ein im Dornröschen-Schlaf liegendes Dörflein mit fünf Häusern und einem verlassenen Gutshof. Es wuchs nicht gerade die Grimmsche Dornenhecke um dieses Dorf, nein, aber es war ein reines „Schlaf"-Dorf. Dort arbeitete kein Mensch mehr jetzt, sie kamen alle nur abends zum Schlafen nach Hause, um es frühzeitig zur Arbeit wieder zu verlassen. Das war nicht immer so

gewesen. Im Frühstadium des Industriezeitalters hatten die Menschen dort entdeckt, dass man das Gefälle zwischen den beiden sehr benachbart liegenden Seen, West- und Ostlägern, zum Betreiben einer Hammerschmiede nutzen könnte. Die hat lange funktioniert und gab einigen Menschen Lohn und Brot.

Auch der Gutshof war mit voller menschlicher Arbeitskraft in Betrieb, was ebenfalls bedeutete, dass man in diesem Ort eben nicht nur schlief, sondern auch arbeitete, in großer Gemeinschaft arbeitete. Man musste zwar viel und schwer arbeiten, verdiente wenig, lachte und schuftete jedoch in tragender Gemeinsamkeit. Mitten im grässlichen, zweiten Weltkrieg baute man 1940 noch aus dem Wasser-Gefälle ein kleines Kraftwerk, was das kleine Dorf stromunabhängig machte. Dann aber verfiel der gräfliche Hof, die Menschen hatten besser bezahlte Berufe, das Kraftwerk wurde nicht mehr gebraucht, die fünf Olstorper Häuser versanken in bedeutungsloses und lethargisches Schweigen des Leerseins. Fast alle Menschen fuhren nun an Olstorp vorbei. Nicht so unsere Touristen, sie fanden schnell eine kleine Anhöhe, von der sie das beschriebene Seegrundstück begutachten konnten. Und was sie sahen, gefiel ihnen außerordentlich: Selbstverständlich hatte der Gutsbesitzer zu früheren Zeiten einen Fischer benötigt, deswegen stand das Hüttchen auch so nahe am See, ja es stand mit seiner nachträglich gebauten Terrasse sogar über dem See. Auf einer wohlgepflegten, eingezäunten Rasenfläche stand das Hüttchen, ein kleines Gästehüttchen daneben und noch ein kleines Stückchen weiter stand das Bootshaus und mitten auf der Wiese stand, schmal und einladend, das „utedo", diesmal in Rot. Entzückend. Die Zeit flitze hier nicht, sie war dünn geworden, sie ging gemach, sie war bewegungslose Zeit.

Der See schlenderte mit ausgebreiteten Armen der Sonne entgegen, den Wald im Schlepptau. Hier musste es sich gut leben lassen im Urlaub. Im Innenraum war das Hüttchen zwar nicht ganz so perfekt, wie es von außen erschienen war, mit einigermaßen gräulichem Möblement und stark ausgelegenen Matratzen, ungeeignet für ältere Rücken. Das Trinkwasser musste mal wieder geholt werden, Dusch- und Kochwasser wurde aus dem See hochgepumpt. Unsere Touristen waren inzwischen gut ausgerüstet mit Wassertanks und nutzen das abendliche Wasserholen für ein kleines Schwätzchen mit Nis, dem Hüttenvermieter. Ansonsten aber gefiel ihnen diese Seelage so gut, dass sie sieben Jahre lang immer wiederkehrten.

Als deutsche Touristen sich einzureihen in schwedische Familien, die ebenfalls dieses Hüttchen als Urlaubsort heiß begehrten, war etwas schwierig. Es hatte zur Folge, dass unsere Touristen im Laufe der sieben Jahre alle Sommermonate dort in Olstorp kennenlernten. Da war zunächst der Juni, in dessen Mitte Schwedens beinahe größtes Fest liegt: St. Hans. Für gewöhnliche Mitteleuropäer lassen die hellen Nächte um die Zeit der Sommersonnenwende kaum Schlaf zu. Das Abendrot zieht sich in die Länge, der Horizont dunkelt nicht, das nur langsam verblassende Gold des Sonnenuntergangs wandert am Horizont entlang.

Um 23.30 Uhr kann man noch vor der Hütte sein Buch lesen und die Umgebung deutlich erkennen. Die Stunde der nachdenklichen Selbsterkenntnis rückt näher, während dessen man vom milchigen Hellgrau der Natur in einen Mantel eingeschlagen und beiseite gestellt wird. Für diese magische Stunde duldet die Natur keinen unbeseelt vorbei taumelnden, blinden Menschen. Sie will unter sich sein. Zögerlich und langsam kommen sie hervor, die Elfen

der Wasseroberfläche, losgelöst vom Joch des tief unten wohnenden Wassermannes, die nur spürbaren Hauche der Baumwipfel, befreit vom groben Willen der Wurzeltrolle und all die Seelen der großen und kleinen Tiere ringsum, deren Leiber nun für eine kurze Weile ruhen. Sie kommen zusammen und schwingen leise, hingebungsvoll und traumverloren in nie endendem Vertrauen miteinander in einem magischen, langsamen und zauberischen Reigen.

Die zögerliche Zunahme der Helligkeit des Horizonts löst diese Urgemeinschaft wieder auf und schon um 3 Uhr morgens ist die „wilde Jagd" wieder unterwegs: Gänsesägermütter mit ihren eben geschlüpften Jungen, meist 9 bis 12 an der Zahl. Die Alten kommen mit ihren Jungen am Ufer entlang gezogen, da nur dort sich die junge Fischbrut aufhält. Die kleinen Federbällchen müssen für ihre Ernährung selber sorgen, mit aller Kraft gegen den Auftrieb ankämpfend, heftig mit den kleinen Füßchen rudernd. Die Alte kann nur aufpassen und gegebenenfalls warnen mit scharfen, rauen Tönen.

Aber es ist dort wie bei Menschenkindern, gehört wird nicht, wenn man eine Menge kleiner Fischchen geortet hat und wild ausschwärmt nach allen Seiten. Dann kann die Mutter so viel warnen, wie sie will, die Fischchen sind wichtiger. So warnt die Mutter vor dem Hecht – umsonst – ein kleines Federbällchen ist verschwunden. Die Mutter warnt vor der herabschiessenden Möwe – umsonst – man muss einem Geschwisterchen nachjagen, das ein Fischchen erwischt hat. Und die Mutter kann verzweifelt vor der Menschin warnen, die dort sitzt – vergeblich – man hat einen Fischchenschwarm im Bootshaus entdeckt. Die „wilde Jagd" geht weiter und bald kommt die nächste „wilde Jagd". Es gibt eine Menge Gänsesäger am Lägernsee,

leider aber nur drei Nistkästen. Der Schwarzspecht hat diese Gegend noch nicht entdeckt, sonst hätten die Gänsesäger nicht solche Brutnot. Der Wendehals hämmert leider kein Baumloch, er wohnt in Mauerspalten oder schon vorhandenen Baumhöhlen. Hier an diesem Hüttchen warnte er laut und heiser vor den ewig anwesenden Menschen, genauso wie der Steinschmätzer, der auch mit vielem Knicksen die Gefahr des beobachtenden Menschen nicht beseitigen konnte. Dem Trauerschnäpper erging es nicht besser. Sie alle hatten ihre liebe Not und Mühe, die Anwesenheit des Menschen nervös zu erdulden.
Ab und zu ging dieser Mensch schwimmen, nicht lange, denn das Wasser war kalt im Juni und nicht ganz ungefährlich, denn der Kanadaganter hielt hoch konzentriert Wache. Er ist ein besonders guter Vater. Und wehe, es nähert sich ein für ihn unbekanntes Objekt mit grauen Haaren. Zu sehen ist nur der Kopf, aber auch der hat hier nichts zu suchen. Also fährt man wütend aus seinem Versteck, legt den langen Hals auf das Wasser und zischt so laut man kann. Das verscheucht wirkungsvoll das unbekannte Objekt. Da lässt sich das Reiherentchen schon eher beruhigen durch leises Sprechen.
Nachdem es durch pausenloses fleißiges Tauchen seine Federbällchen zu einer gewissen Größe gebracht hat, versuchen auch diese Federdingelchen alleine gegen den Auftrieb anzukämpfen. Sie allerdings müssen bis zum Grunde tauchen, denn nur da finden sie ihre Nahrung: Krebstierchen und Muscheln. Jeden Morgen und jeden Abend herrscht Aufregung unter den beiden Möwenfamilien des Lägern mit großem Geschrei: Der Fischadlermann kommt, um Frühstück oder Abendbrot für seine Jungen aus dem See zu holen. Den Fischadler kümmert es nicht, er stürzt

sich aus großer Höhe zielgenau ins Wasser, packt den Fisch hinterrücks und trägt ihn in seinen Krallen kopfvoran zu seinem Horst auf einer mächtigen Kiefer im Brudersee des Lägern. Die Jungen des Prachttauchers werden sehr früh ans Alleinsein gewöhnt. Die Eltern verlassen sie – es sind immer nur zwei – am frühen Morgen und kehren erst gegen Abend mit vollem Magen zurück. Wie die Jungen aus den vorüberfliegenden Prachttauchern ihre Eltern herausfinden, haben unsere Touristen leider nie erkunden können. Wenn die richtigen Eltern aber herbei fliegen, kommen sie aus ihrem Versteck und es gibt ein lautstarkes Begrüßungsritual.

Das rot gestrichene Wiesen-Draußen-Klo ist ein gern besuchter Ort. Der Daraufsitzende kann gemächlich das Herannahen der heimeligen Stunde der hellen Nacht beobachten, wird von dem im Bootshaus wohnenden Fledermäuschen besucht, das feststellt, dass diese Nahrung doch etwas zu groß ist. Die Besonderheit dieses wundersamen Klos aber ist erst im August zu bemerken.

Im August ist vieles anders. Nirgends gibt es mehr Tierkinder, bestenfalls Halbwüchsige und das auch nur bei den Kanadagänsen. Jeden Nachmittag so gegen 16 Uhr kommen sie geschwommen, alle Gänse dieses Sees in einer langen Reihe. Es sind circa 43 Gänse, allen voran der stärkste Ganter. Ihr Ziel sind einige Felsen, die am Ende der Bucht dicht am Ufer verstreut im See liegen. Das ist ihre Putz- und Flickstelle. Dieser Beschäftigung widmen sie sich mit Hingabe und bald schwimmen leicht und locker-wundersam auf Wassers Oberfläche braun-graue Federchen als Schiffchen daher – Gänsegrüße. Unsere Touristin kam auf den seltsamen Gedanken, diese Gänsereihe anzusprechen. Und so stand sie denn eines Tages hoch aufgerichtet auf dem Steg

der Hütte und begann ihre Ansprache an die Gänse. Der Tourist kam entsetzt gelaufen und protestierte leise, was sollen die Leute denken? Welche Leute, entgegnete sie! Die Gänse hielten neugierig inne, machten eine Vierteldrehung und zeigten unserer Urlauberin ihren schwarzen Hals mit der weißen Halsbinde. Aufmerksam und gar nicht aufgeregt hörten sie zu. Eines Tages schwamm mit ihnen eine Weißwangengans. Die ist ja erheblich kleiner als die Kanadagänse, aber sie schwamm sehr selbstbewusst hinter dem Führungsganter. Ob sie wohl mit ihm verheiratet war?

Wo und wie hatten sie sich verliebt? Und wie hielten sie es mit dem jährlichen Flug gen Süden? Jeder für sich? Obwohl Gänse eine lebenslange Ehe führen? Unsere Touristen wissen es nicht. Ärger aber hat es gegeben zwischen dem Führungsganter und einem anderen Ganter, der eines Tages eskalierte. Diese beiden schlugen plötzlich wild mit den Flügeln auf einander ein, dass es nur so über den See hallte. Zum Fürchten. Der Sieger kam zurückgeflogen zur Gruppe und veranstaltete eine prächtige, lautstarke Siegesfeier. Der Verlierer blieb hinter dem Felsen, wo der Kampf stattgefunden hatte. Stundenlang. Er kam hervor als ein Bündel von verlorenen Selbstbewusstseinssträngen und ward nie mehr gesehen. Ein Bild des Jammers.
Die Reiherentchenmutter war nun auch allein und tauchte fleißig in der Bucht des Hüttchens, um sich ordentlich

Fett anzufressen für die lange Winterzeit. Mit hoch gezogenen Knien saß unsere Touristin und sah ihr zu. Ihr und der unermüdlich hin und her patrouillierenden „Shorepatrol" – einer großen schillernden Libelle. Ihre hauchzarten Flügel hatten durch den langen sommerlichen Gebrauch schon arg gelitten. Diese Wunderwerke der Natur fliegen nur einen Sommer. Die Libelle setzte sich auf den großen Zeh und verkaute in gelassener Ruhe die eben gefangene Fliege. So oder so ähnlich musste das Einswerden mit der Natur aussehen.

Die Prachttaucher – aller Versorgungspflichten ledig – kamen mit dem Beginn der Dämmerung manchmal auf dem Wasser dieser Bucht zusammengeflogen, um ihr gar seltsames „Aufzeigeritual" zu zelebrieren. 10, 12 oder mehr Tiere versammeln sich, schwimmen auffällig und leicht eckig vor einander her, sie paradieren, was vielleicht folgendes heißen soll: „Seht her, kennt ihr mich noch? Bin ich nicht wunderschön? Sehe ich nicht prachtvoll aus mit diesem tollen Grau an den Halsfedern? Und sitzen meine weißen Punkte nicht sehr apart auf dem schwarzen Gefieder meiner Flügel?" Und schwupps – tauchen sie mit einem lauten, aufspritzigen Klatschen weg, um augenblicklich wieder zum Vorschein zu kommen und erneut mit dem Imponiergehabe zu beginnen. Ein Wasserwild, das normalerweise geräuschlos und in elegantem Bogen in die Wasseroberfläche eingleitet. Der Prachttaucher ernährt sich ausschließlich von Fisch.

Ausgiebiges Ahlen und Schwimmen im warmen, klaren, endmoränigen See war eine Freude im August. Die Zehen wühlen den Sand des seichten Wassers zum Anfang auf, die Fischlein warten schon darauf. Eilig kommen sie herbeigeschwommen, um nachzusehen, ob vielleicht diese

unbekannten, dicken, hellen Stempel etwas Fressbares aus dem Sand hervor gewühlt hatten. Dann entdeckten sie, dass diese seltsamen Gebilde selbst etwas Ablutschbares boten. Und so geschah es, dass im August das Sonnenöl auf den Beinen unserer Touristen zum hoch willkommenen Nahrungssonderangebot für diese spät geborenen Fischchen wurde.
Der späte August allerdings hatte auch einen empfindlichen Nachteil. Es kündigte sich sanft, aber unmissverständlich der kommende Herbst an, die fünfte Jahreszeit.
Die Nächte waren zuweilen schon kalt, das Seewasser aber hielt die Sonnenwärme des vergangenen Tages fest, so dass die Wasseroberflächenelfen spät in der Nacht doch noch zu tanzen anfingen. Ihre grauen Schleierchen legten sich nicht aufs Wasser zurück, sondern ins Gras, auf die moosüberwachsenen Felsen und in alle Spinnennetze der Gegend. Am Morgen schimmerten sie dann wie Diamanten an den hauchfeinen Fäden und erinnerten unsere Touristen an die Heimreise, an den Alltag und an den lauernden Winter.
Nachdem die Sonne ihr abendliches Gold auf die Bohlen der Hüttenterrasse gelegt und das seichte Wasser ganz durchsichtig gemacht hatte, rollte sie gemächlich auf jene Wipfelkerbe des hinten am See stehenden Waldes zu, legte sich gemütlich hinein und versank ganz langsam. Ein ordentlicher Sonnenuntergang.
Er ließ den Himmel in unnachahmlichem Schmuck erstrahlen, zauberte aber auch manchmal ein intensives skandinavisches Grün an ihn und verwandelte das Wasser des Sees in flüssiges Gold. Die goldene Dämmerung verhielt einige Minuten, dann vereinigte sie sich mit der heraufziehenden Dunkelheit, die sich wie eine schwerelose Glocke über See, Wald und Hütte legte: Schlaft alle, ich wache!

Unsere Touristen besuchten das „utedo", was warm, gemütlich und mit Sägemehl-Spülung mitten auf der Wiese stand und wartete. In jenen Stunden ließ es sich dort gut sitzen, konnte man doch gewahr werden wie der Abend seine geheimnisvollen Stunden anging: Dem Menschen wurden die flitzenden Minuten genommen, Tierleiber wurden mit Müdigkeit übertupft und durch die Atmosphäre schwebten kleine, durchsichtige Ruhekugeln auf See und Wälder nieder. Und eben dann zeigte sich die wahre Bestimmtheit dieses „utedos": In direkter Linie mit der Nasenspitze des Besuchers ging der rote Mars auf, hinter jener leicht hügeligen Wiese, die jetzt schwärzlich schimmerte. Ein wundersamer Anblick. Und bald danach schimmerte nicht nur diese Wiese, sondern auch der dunkelblaue Samt des großen, weiten Himmels in voller Pracht von Millionen blitzender und glitzernder Sterne, die dieses eine Mal doppelt vorhanden waren: Die Millionen von Sternen spiegelten sich im ruhenden See.

Ein feines Wasserklo

"Nanu?" - Recht hast du, geneigter Leser, ein banales Wasserklo gehört nicht in diese Sammlung. Dieses setzt jedoch einen dezenten und sauberen Schlusston. Damit klingen diese Geschichten aus.
Lange nach dem unsere Touristen - alt geworden - nicht mehr nach Skandinavien fuhren, lernten sie ein kleines, altes Haus kennen. Seit 1886 steht es in einem kleinen Badeort an der Ostseeküste, ist weiß gestrichen, unscheinbar von außen und ein wenig zurückgesetzt von der Straße inmitten von viel Gartengrün. Drei Stufen müssen erklommen werden, um die Haustüre zu erreichen, als hätte das

Haus leichte Bedenken der großen Wasserfläche in unmittelbarer Nachbarschaft wegen. Aber kaum hat man es betreten, wird man der überwältigenden Gemütlichkeit und Wärme gewahr. Das alte Haus ist renoviert. Jedoch hat der Besucher den leisen Verdacht, ob nicht etwa dieses Haus selbst die Renovierung leitete?
So wohl gelang die Neugestaltung. Der Gang zur Toilette wird zum Ereignis. Wohldurchdachter, unaufdringlicher Komfort umfängt den Besucher. Kein Mut ist erforderlich, dorthin zu wandeln. Nachdem das goldglänzende Riegelchen an schneeweißer Tür die Intimsphäre gesichert hat, schmeicheln fein abgestimmte Farbnuancen zwischen Fließen, Holz und Accessoires. Das Spieglein, das Waschbecklein, das Unterschränklein, das Fensterlein lächeln milde. So milde in der Winzigkeit dieses "Örtchens", dass der Besucher augenblicklich und noch ehe er sich auf der weißen Brille niedergelassen hat, des Wohlbehütetseins gewahr wird. Kein Wind, kein Besucher mit blutsaugerischem Begehr, kein Po-Ausgeliefertsein, keine abendliche Kühle. Sondern: Schmunzelnde, behagliche Übereinstimmung des Gastes mit seiner Umgebung, mit sich selbst und mit seinem Darm. Sollte es ihn dennoch nach angehender Abwechslung gelüsten - auf dem Fensterbrettchen unter dem Fensterchen liegt zur weiteren Erbauung eine Miniausgabe des "Grundgesetz für die Bundesrepublik Deutschland".

Nordische Geschichten

Gundels 70.Geburtstag oder der Beginn einer Freundschaft frei nach Heinrich von Kleist

In ein Land, das eigener Sage nach geschaffen wurde durch unwilliges Wegwerfen restlicher Steine aus Gottes Hosentasche, wurde ein Mensch im vortrefflichen Jünglingsalter aus Kriegsgründen verschlagen. Dieser Jüngling verband sich jenem Lande aufs Innigste und Zärtlichste. Zum Manne herangewachsen, versicherte dieser glaubhaft, dass nur dieses Land Ziel seiner Urlaubswünsche wäre und, wenn irgend Hoffnung bestünde, er auch seinem Ehegesponst und Nachkommen untertänigst zur Klarheit und Bestimmtheit eben dieser Landesliebe würde verhelfen wollen, dergestalt, dass er sich wenigstens einmal im Laufe eines Jahres in der Umarmung dieses geliebten Landes würde erholen können.

Anno 1973 hatte eben jene Familie, in die durch das allumwaltende Schicksal ein Knäblein vor vielen Monden hineingeboren worden war, durch obwaltende und sorgsame Umstände ein Chalet für den Sommer mieten können, das auf einer reizenden, einen langgestreckten See von beachtlicher Größe überblickenden Anhöhe lag.

Bei der Anfahrt musste unsere Familie zu ihrem äußersten Befremden feststellen, dass der unbefestigte, steinige, von Wurzeln durchzogene und somit gefahrvolle Weg sich in langen, stetig steigenden Windungen durch finsteren Tann nach oben schlängelte, der Wald dann zögerlich zurückglitt und dem entzückten Auge die pittoreske Lage eben jener Anhöhe preisgab. Jenes Entzücken aber wurde augenblicklich in eine Art Bekümmernis gestürzt, da man eines

in beachtlicher Nähe gelegenen, zweiten Chalets ansichtig wurde, vor dessen Eingangspforte überdies ein Automobil aus dem tiefen, unbekannten Süden der Heimat unserer Familie stand.

Jedoch nicht säumend ging die angekommene Familie, eingedenk der bedenklich unbekannten Nachbarschaft, beherzt an das Wagnis, sich den Fremden zu präsentieren, da man die zugemessene Zeit der Erholung mit viel schöner Beeiferung und bekömmlicher Heiterkeit zu verbringen gedachte. Doch ward man aufs äußerste und angenehmste überrascht, da unsere Neuankömmlinge nicht nur aufs Freundlichste begrüßt wurde, sondern hierauf, da gerade die Erzählungen sich am lebhaftesten kreuzten, bemerken konnte, dass ihre unerwarteten Nachbarn zwei Nachkommen bei sich hatten: Einen Sohn, der dem Jünglingsalter entgegen wuchs und einen Knaben, der dem Alter ihres Kindes aufs Genaueste entsprach.

Beide Familien gaben sich nun der inständigsten Hoffnung hin, dass die beiden Knäblein im herumtollenden Spiel würden zueinander finden, dass beide Eltern der allzeit vorhandenen Belastung fürsorglicher Aufsicht würden für eine kleine Weile enthoben sein.

Darauf flogen die Tage im ergötzlichen Nichtstun, in heiterster Gemütsverfassung und spielerischem Flug des durch die Loslösung von bindenden Alltagsgesetzen freien Geistes dahin. Die beiden Elternpaare freundeten sich an Seesgestade, beim Bootsfahren und Automobil-Ausflügen bis zur Grenze des jedem Individuums eigenen Kern an, ja , es gaben sich die beiden Ehedamen sogar der gemeinsamen, Rücken schindenden Tätigkeit des Blaubeerpflückens hin, da ihnen der in Aussicht stehende köstliche Genuss dieser Waldesfrucht alle Mühsal wert erschien. Ja, die neue

Freundin zeigte sich, ohne in langer Red sich zu ergehen, bereit, mit mitfühlender Seel und zupackender Tatkraft zu helfen, was die Menge dieser Beeren betraf.

Aus der fernen Großstadt waren befreundete Ureinwohner jenes Landes zu Besuch gekommen, um mit unserer Familie zwei Tage sich des lieblichen Landlebens voll bunter Erscheinungen zu erfreuen. Diese norwegischen Leute hatten den Mund dreist überfließen lassen betreffs ihrer kräftigen, körperlichen Belastbarkeit, sofern sie nur an frischer Luft geschehe. Doch ward bei der Heimkunft von einer Besteigung eines Berges mittlerer Höhe nicht Luft genug in jenen Freiluftmenschen um Worten Atem zu geben, geschweige denn eine hausfrauliche Tätigkeit aufzunehmen, ja sie waren ihrer Glieder schlechthin unmächtig, so dass sie augenblicklich auf die reichlich vorhandenen Bettgestelle hinsanken und die Bekümmerung um das leibliche Wohl vollends der obwaltenden Hausfrau, die ja auch mitgewandert war, überließen.

Gundel, so hieß die neue Freundin, sah das jammervolle Dilemma, in das ihre Bekannte hineingezwängt ward, da sie ihrerseits ebenfalls erschöpft, andererseits aber ihren Hausfrauen- und Gastgeberpflichten durchaus nachzukommen sich moralisch verpflichtet fühlte, ergriff Henkelkanne und Korb, und es entschwanden die beiden Ehedamen in den Wald, um für 8 Personen Beeren zu pflücken. So brauchten an jenem Abend die Entkräfteten nicht auf die Labung an der Köstlichkeit eines frischgepflückten Blaubeernachtisches zu verzichten.

Noch etwas anderes, ebenbürtig Köstliches hielt ein nahes, im einsamen Walde verstecktes Gewässer unter dunkler Oberfläche bereit: Des öfteren, ja beinahe jeden Abend, da die Sonne schon jene gegenüberliegende, schwarz

bewaldete Hügelkette im Niedergang berührt hatte, brachen der Familienvorstand und Malte, so hieß der ältere Sohn der guten Nachbarn, mit ungeheurer Vielzahl an Angelgerätschaften, darunter auch viele der eher zweifelhaften Art, auf, um den arglosen Wildforellen nachzustellen. Unbeirrt durch abscheuliches Stechgetier erwies sich ihre Ausdauer, die mit geschickter Zusammenarbeit sich paarte als vom Erfolg gekrönt, dergestalt, dass dem Nachtisch die vorangestellte Fischmahlzeit an Köstlichkeit nichts schuldete.

So wurde jene zuvörderst geschilderte Anhöhe zum Schauplatz allgemeinen Glücks gemacht, auch wenn Gundel zuinnerst das Nichtvorhandensein menschlicher Kulturerrungenschaften in all dieser die Seele überwältigenden Natur vermisste. Während all dieser Tage zeigten sich die beiden Knaben, Arne und Björn geheißen, geneigt, den Spielideen des jeweils anderen vorsichtig abtastend nachzukommen, dergestalt, dass sie mit Teddybären, anderen Plüschtieren, Kleinstnachbildungen von Automobilen und allerlei vom Walde zur Verfügung gestelltem Zeuge, wie Ästlein, Blattwerk, Tannenzapfen und Stöckchen in Sichtweite der beiden Chalets sich ins gemeinsame Wirken fallen ließen. Björn jedoch fiel mit keiner Wesensfaser ein, sich dem sportlichen Tollen eines Fußballspiels der beiden Brüder, anzuschließen. Wenn er dieselben beobachtete durchkreuzte ihn ein seltsamer Wechsel von Gefühlen, dergestalt, dass er einerseits Neid um das Vorhandensein eines brüderlichen Kameraden bei Arne, andererseits Unverständnis für dessen Missbrauch empfand.

Jene Unlust Björns zu jeglicher sportlicher Bewegung war der Aufmerksamkeit Arnes nicht entgangen. Ihm deuchte dass ein eigentümlicher Charakterfehler und er sann an den

langen, hellen Abenden auf seinem Etagenbette liegend darüber nach, wie man diesen Fehler gelegentlich durch ein zu statuierendes Exempel würde beheben können.

"Meine und deine Eltern sind heute von der höchst langweiligen Art", sagte eines Tages Arne zu seinem unbegreiflichen Spielkameraden, "komm, lass uns jenen Waldweg erkunden, in den wir, der Bäume wegen, nur wenig Einsicht haben!" So lockte er Björn zum Waldesabenteuer, in Wahrheit aber zum Beginn höchst sportlicher Wanderleistung. Sie gingen heimlich und wie harmlos davon, den Gedanken verwerfend, den Eltern Bescheid zu geben, aus der Ahnung heraus, diese könnten durch Verbot das sorgfältig geplante Unternehmen, von dessen Arglosigkeit Björn überzeugt war, scheitern lassen.

Indessen war der Nachmittag voll wundermilden Duftes beinahe vergangen, als plötzlich Gundel, von ihrer Staffelei hochschreckend, laut den Namen ihres jüngsten Sohnes rief und gleichsam als ob dieser eine Laut die Harmonie der stillen Stunden abgeschnitten hätte, kamen die fünf Menschen von ihren jeweiligen Beschäftigungen hoch und liefen mit von schlimmen Ahnungen durchzogener Brust zueinander.

"Wo ist Arne..." "Weiß nicht..." "Hast du Björn gesehen..." "Nein" "du?" "Wann hast du das letzte Mal...." - doch niemand ward, der ihnen beruhigende Auskunft gab. Die Eltern erschraken wie in ihrem Leben nie zuvor, ihnen stürzte der Schmerz aus den Augen und in äußerster Bekümmerung durchstreiften sie in allen Richtungen den Wald, die Namen ihrer Söhne rufend. Umsonst. Weder eine der Tücken des Weges nicht achtende, rasende Fahrt im Automobil nach oben und unten von der Anhöhe weg, noch der Gebrauch von Trillerpfeifen brachte die ersehnte Antwort. Mit

beklemmten Herzen kamen sie zusammen und beschlossen, sich aufs Warten zu verlegen, berge doch der Wald, außer der Verirrung, hier oben keine Gefahr, jedoch war diese Ruhe nur von der Art des Verstandes, ihre Gemüter neigten sich, jedes auf seine Weise, der Sorge zu.
Mittlerweile war Björns Arglosigkeit in mürrische Müdigkeit übergegangen ob der bisher zurückgelegten Wegstrecke, die er schon zu diesem Zeitpunkt für übergenug hielt. Er wollte den zweideutigen und unklaren Umständen ein Ende setzen, ihm erschien nichts billiger und zweckmäßiger als umzukehren und sich in die sichere Obhut der guten Eltern zu begeben. Arne hingegen war von der Wichtigkeit dieses Unternehmens vollständig überzeugt, meinte er doch, Björns schmähliche Schlappheit eben jetzt in Drahtigkeit verwandeln und damit dem Urlaubskameraden eine kleine Drehung hin zu seinen Wunschvorstellungen geben zu können. Auf die Frage, warum er denn seinem Nachhausedrängen nicht nachgebe und was ihn bewege, ihre beschwerliche Wanderung ins Ungewisse im schattigen Walde fortzusetzen, sah Arne Björn mit hintergründigen Augen an und schwieg. Unterdessen setzte Arne den Weg fort, beschlichen nur von der Ahnung, ihre Fußbekleidung könnte vielleicht diesen Strapazen nicht in heilem Zustande überdauern.
Björn fügte sich, aber sein Herz klopfte ihm, dass man es gehört haben würde, wenn die Geräusche des Waldes geschwiegen hätten. Überall wohin ihn auch der Fittich seiner flatternden Gedanken trug, stieß er gewissermaßen auf Mauern und Riegel. Einerseits eine befürchtete Zubodenstreckung durch Fortsetzung ihrer Wanderung, andererseits die seine Bewusstseinswelt ins Chaos stürzende Vorstellung eines einsamen Rückweges. Doch irgendwann tauchte aus

dem dunklen Gewoge seiner Gedankenfetzen der Vorsatz auf, nicht zu wanken und nicht zu weichen, auch wenn jetzt die hohen Kiefern und Fichten entwurzelt würden und ihre Wipfel über ihm zusammenstürzen sollten.
Endlich vor Einbruch der Nacht kehrten sie heim. Arnes Blick, trotz zerrissener Socken und zerfetzter Schuhe, funkelnd wie ein Wetterstrahl ob seines ersichtlichen Meisterstückleins. Björn lodernden Antlitzes, sinnberaubt und schauerdurchweht. Er fühlte sich durch unmäßige Anstrengungen beinahe zugrunde gerichtet, warf sich auf den hölzernen Fußboden des Chalets und bat seine Eltern, ihn nicht durch Kränkungen und Beschimpfungen in das Übel, von dem er soeben erst erstanden sei, mutwillig zurückzustürzen.
So kam es, dass die Eltern durch reichlich 4 Jahrzehnte in gediegener Freundschaft einander verbunden blieben bis der Tod und die vermaledeite Demenz das goldene Band zerriss. Die Knaben jedoch, auch heute noch im Mannesalter, nichts voneinander sehen, ja, den Vorzug willkommen heißen, durch verschiedene Berufe, Wohnorte und Interessengebiete noch nicht einmal voneinander zu hören.
Ich verneige mich tief vor dem so verehrten Dichter Heinrich von Kleist und hoffe von Herzen, ihn nicht in seinem stillen Kämmerlein gestört zu haben.

Winterurlaub

Nein, nie würde er im Winter nach Bremerhaven fahren, meinte er. Es könne ja plötzlich Schneefall einsetzen und Sturm dazu, der die Sicht auf Undurchdringlichkeit herabsetzt oder Blitzeis könne das Leben aufs Spiel setzen. Nein, er riskiere nicht Leib, Leben und Wagen im Winter. Diese

tiefe Überzeugung hinderte ihn jedoch keineswegs ihr ein paar Wochen später strahlend ein Geschenkgutschein auf den weihnachtlichen Gabentisch zu legen: Ein Hotelaufenthalt in Ulvik/Hardangerfjord zum Skilaufen vom 25.12. bis zum 3.1. Sie stand, staunte, stotterte und durchforstete ihr Gehirn wie man unauffällig sich in gescheiter Weise bedanken könnte ohne Ironie. Ihre Gedanken liefen blitzschnell tausend Umwege, verzweifelt eine Begründung suchend. Auf den offen da liegenden Grund jedoch kam sie nicht: Es war das Ziel ausschlaggebend, der Weg spielte keine Rolle. Recht genau wusste sie: Kein Norweger fährt ins Westland zum Skilaufen, die Nähe des Golfstromes verhindert die Schneesicherheit und kein Norweger fährt zur Winterzeit über das Hardanger-Vidda.

Das ist nun wirklich riskant. Die einzige Querungsstraße kann zudem bei heftigem Schneefall gesperrt werden. Wie nun verwandelt man die höchst beunruhigende Gedankenflut in erwartete, dankbare Mimik ob des kostbaren Geschenkes? Denn kostbar, das war es! Nach 10 Jahren Hütten- oder Zelturlaub in jenem Lande, wartete jetzt ein Hotelzimmer! Ein Hotelzimmer - nicht zu ermessendes Glück, was schon beim Kofferpacken wonniges Wohlbehagen verbreitete. Außer den Skiern lagen nur zwei leere Koffer vor ihr. Koffer!! Es gab keine Auto-Packerei mittels Schichtung: Unterste Schicht: Schlauchboot und Bootsbretter, Zwischenschicht: Wäsche und Aldi-Büchsen im Wechsel, Buch- und Spielzeugschicht mit Matratze obenauf als Spielwiese fürs Kind. Ein Autositzzwang und Anschnallpflicht für Kinder gab es damals noch nicht.

Bei nebliger Trübheit und klammer Nässe fuhren sie am 25.12. ab, zur Vorsicht Schneeketten mitsamt Montageanleitung im Auto. In Deutschland sind Spikes verboten,

in Norwegen geboten. nässliches Weihnachtswetter, die Straßen grau, feucht und einsam bis hinauf nach Frederikshavn und in dessen verlassen daliegenden Fährhafen. Da, wo im Sommer drangvolle Autodichte sich anstaut mit nervöser Unruhe, gähnt jetzt nasse Leere. Fünf Autos und zwei Lastzüge warten. Die Fähre kommt missmutig und lädt ihr Auto zuerst. Vorsichtshalber wird der Lademeister gefragt: "Schnee in Norwegen?" "Nein, kein Schnee, zumindest nicht in Larvik gestern Abend!"
Nach nächtlichem Stampfen durch die schwarze Ostsee, kommt die Fähre früh um 5 Uhr in Larvik an, die Ladeklappe wird heruntergelassen in eine dunkle, samtene, hellgraue Stille hinein. Im Auto sitzend können wir nur arg begrenzte Blicke in eine stockdunkle Hafenwirklichkeit werfen, die seltsam weißlich leuchtet. Wir sind das erste Auto, das die Fähre verlässt und wir fahren in sanften, hohen, alles nivellierenden Schnee hinaus ohne Schneeketten, ohne Spikes. Der Hafen ist ungeräumt der frühen Stunde wegen. Der Verlauf der Straße ist nur durch die sanften Schneewellen an beiden Seiten schwach zu erkennen. Panik sitzt im Magen, im Kopf, in den Füssen. "Fahr nicht zu schnell, bleib auf keinen Fall stehen, fahr im 2.Gang, bleib bloß in Bewegung. Sieh dich nach Tankstellen um, egal wo. Ob links oder rechts. Wir müssen einen Platz zur Montage der Schneeketten finden", hastig gestoßen werden diese Worte.
Unter wellenartig aufkommenden Panikattacken erreichen unsere Urlauber eine tief verschneite Tankstellenauffahrt, noch innerhalb des Stadtgebietes von Larvik. Kein Mensch, kein Auto auf den Straßen, schneeige Ruhe und blau-graue Dunkelheit ringsum. Die wenigen Autos auf der Fähre hatten sich längst aus ihrer Welt gefahren, alles schlief noch, scheinbar auch die einsam brennende Kunstlichtfunzel der

Tankstelle. In deren trüben Licht werden die Ketten in den Schnee gelegt und mit krampfhafter Ruhe wird versucht, die Vorderräder des Autos millimetergenau auf die Ketten zu fahren - ein schwieriges Unterfangen, wenn man so ungeübt ist, so übernächtigt, so aufgeregt. Und ein nicht ratsames Mittel um Eheharmonie herzustellen oder Urlaubsstimmung zu erhalten. Die Ketten sind von der alten Art, sie müssen auf exakte Weise in den Schnee oder aufs Eis gelegt, die Autoantriebsräder müssen genau darauf gefahren werden ohne Verkantung. Erst dann kann gespannt werden per Hand.

Die Finger werden kalt, die Knie feucht, die Augen beginnen zu tränen, die Kälte scheint zuzunehmen, die Nervosität auch. Ganz nebenbei und wie eingestreut bemerkt sie ein kleines Wunder im Scheine ihrer Taschenlampe: Leise rieselt es, nur ab und zu fällt ein kleines Flöckchen, glitzert plötzlich auf im Licht ihrer Taschenlampe und legt sich lautlos zu den anderen Flöckchen.

Ein fast unbemerkter, kleinster, diamantener Gruß aus den unsichtbaren Wolken über ihr. Die Not dieser dunklen Morgenstunde löst sich leise, die Schneekettenmontage gelingt. Nach nur 10minütiger Fahrt auf der Landstraße aber stellen unsere Reisenden fest, der fein-trockene Schnee wird durch die Morgenbrise zum Verschwinden gebracht, die Schneeketten lärmen und vermindern die Fahrt auf 40 kmh. Das Hotel in Ulvik jedoch muss an diesem Tage noch erreicht werden, was mit 40 kmh schwerlich gelingen wird. Also, Schneeketten wieder abmontiert.

Beim Erreichen des Anstieges zur einzigen Straße der Hardanger-Hochebene ist die kümmerliche, skandinavische Wintersonne hinter dicken, milchig-trüben, kompakten Schneewolken aufgegangen. Der winterliche Straßenbelag

wächst kontinuierlich zu festgefrorenen, leicht schneegepuderten Eisplacken an, auf dem jetzt gerade ein spikeknatterndes, schnelles, norwegisches Auto das vorsichtig dahinfahrende, spikelose deutsche Auto überholt. Nach dem Erreichen der Hochebene werden jedoch zur Vorsicht die Schneeketten wieder montiert, die Geschwindigkeit auf 40 kmh gesenkt. Der erste Tunnel kommt - diese Straße hat insgesamt sieben, aber das wissen die Reisenden noch nicht - die Schneeketten werden abgenommen, denn diese sind ohne Schnee gefahren argem Verschleiß unterworfen. Im Tunnel gibt es weder Schnee noch Eis.

Nach fünf km Tunneldurchfahrt erneute Kettenmontage, jetzt schon geübter, was nach weiteren wenigen Kilometern sich als nutzlos erweist. Tunneldurchfahrt drei km, am Ausgang zur Kettenmontage gestoppt. Erst jetzt bemerken die Reisenden die weite, menschenleere Unendlichkeit des Schnees und eine leise Bedrohung beginnt sich einzunisten in die auf Ankommen im Hotel fixierten Sinne. Die bedrückend tief hängenden Wolkenwülste beginnen an ihrem östlichen Ende Anzeichen eines baldigen Sonnenuntergangs zu zeigen, die steinerne Kälte nimmt zu, der Automotor bekommt eine Plastikdecke übergelegt. Mit nervöser Präzision fährt man auf die am Boden liegenden Ketten auf, die Montage gelingt.

Dennoch frieren die Hände bei minus 18 Grad viel zu schnell. Eisige Hände taugen nicht zur Kettenmontage, die Kettenglieder rutschen aus der Hand. Bei zunehmender Nervosität schwört man sich bei allen guten und weniger guten Geistern diese Ketten niemals wieder vor Ankunft in Ulvik abzunehmen, mag kommen, was da wolle. Nachdem die Hände im Schnee gewaschen, der Schmerz verbissen und der Groll ob all dieser Widrigkeiten geschluckt

war, bemerken die beiden Reisenden die unerwartete und wunderliche Farbänderung ihrer Umgebung: Wie zur Ruhigstellung der hochgespannten Nerven kommt sanft und leise ein Violett gezogen, nach und nach alle Luftteilchen zärtlich einfärbend. Der Himmel violett, der Schnee violett. Die beiden Menschen, das Auto schwimmen staunend in einem Meer aus violetter Farbe.

Im Schneckentempo rumpelt das Auto weiter durch den nächsten und übernächsten Tunnel, über festgefahrenen Schnee und blanken Asphalt, das Violett verschwindet, eine kalte Winterdämmerung setzt ein, fröstelnde Einsamkeit umschließt unsere Reisenden. Beim Durchfahren der ersten Kehre abwärts in Richtung Odda gibt es am Auto einen fürchterlichen Knall. Die Insassen sehen nicht nach, sie wollen ankommen im Hellen, im Warmen, am Ziel.

An der nächsten Kehre fährt der Wagen seelenruhig trotz scharf nach rechts eingeschlagenem Lenkrad geradeaus bis ihn ein vom Schneepflug dorthin geschaufelter Schneewall stoppt. Jetzt steigen die Reisenden aus, konsterniert. Kein Scheinwerferkegel kommt herauf oder herab geschlichen, so dass sie viel Zeit haben mitten auf der Kehre zu untersuchen, was passiert sein könnte. Der Wagen steht mit abgewürgtem Motor auf dem Schneewall, dahinter gähnt ein Abgrund, schwarz und bodenlos, die rechte Schneekette fehlt, weg, abgesprungen! Die andere Schneekette muss nun abmontiert werden. Ein gütiger Gott, eine gnädig gestimmte, altgermanische Norne oder gar der für diese Serpentine zuständige Troll hat für ein Weiterleben unserer Reisenden gesorgt.

Odda liegt hinter uns, die frühe Nacht hat sich ausgebreitet, der Wagen schleicht durch die Finsternis. Die Straße nach Brimnes ist gesperrt, wegen zu viel Schneefalls oder

Maschinenschaden der Fähre, wer weiß es? Also muss man die andere Fähre nehmen, Kinsarvik/Utne. Die hell erleuchtete Fähre kommt in Sicht, man fährt darauf , sie gibt mit ihrem Licht etwas Trost. Der Fährmann kommt mit der Kasse und fragt, wer noch zur Kvanndal-Fähre will. Außer uns - keiner. Nach der erleuchteten Kinsarvik-Fähre ist die Dunkelheit doppelt schwarz, nur die wenigen, vom Scheinwerfer ausgeleuchteten Meter sind einschätzbar, alles andere verschmilzt mit der Finsternis. Links zeigen sich, für kurze Momente nur, überfrostete, nackte Felsen, hoch aufragend, rechts schwappt in beachtlicher Nähe das eiskalte, schwarze Wasser des Fjords.

Hat diese Straße Asphalt- oder Schotterbelag? Wir wissen es nicht. Solche Nebenstraßen werden in Norwegen nicht geräumt oder gar gesalzen, man überlässt sie ruhig dem Festfahren der spike-bewehrten Autos. Der kleine Fähranleger blinkt träge aus winzigen Neonfunzeln, wir fahren auf das Schiff, die Fähre rührt sich nicht vom Platz. Mit uns an Bord wartet sie und wartet. Es beginnt zu schneien, nicht wild und heftig wirbelnd, sondern vereinzelt, leise und wie nebenbei. Ein Auto kommt, fährt auf, die Fähre stampft los und legt nach 10 Minuten an, ihre letzte Fahrt an diesem Tag. Es ist 20 Uhr. Das letzte Stück des Weges scheint anzusteigen, die mehr und dichter fallenden Flocken zerstreuen das Scheinwerferlicht.

Nach einer Ewigkeit erscheinen tief unter uns Lichter menschlicher Behausungen. Ihre Lage lässt Serpentinen erahnen. Sie stoppt den Wagen, sie kann nicht mehr, die Ermüdung verwandelt sich in Tränen. Er fährt weiter. Es wird die langsamste und gefährlichste Autofahrt seines Lebens auf schmaler, ungesicherter, mit Neuschnee zugedecktem, festem Eisbelag behafteter Serpentinenstraße hinunter

nach Ulvik hinein, ohne Schneeketten und ohne Spikes. Fahrschöpft betreten sie die kleine Hotelhalle, finden den Wirt an der Bar nebenan und sagen in bestem Norwegisch ihr Sprüchlein auf. Seine Antwort verstehen sie nicht, sie sehen sich verständnislos an. War das vielleicht finnisch oder gar russisch? "Versuch du es mal mit Russisch!", sagt er zu ihr. Da lächelt der Wirt, murmelt irgendetwas von "min kone" (meine Frau), verlässt uns und kommt nach ein paar Minuten mit seiner Frau zurück. "Ja, ich weiß, auch Norweger haben die größten Schwierigkeiten mit unserem Dialekt", sagt sie in akzentfreiem Deutsch. Sie ist Deutsche und bringt uns auf unser Zimmer. Unterwegs fragt sie, ob wir etwas dagegen hätten, wenn sie ihren Eltern von der Ankunft Deutscher erzählte. "Nein, natürlich nicht!"
Erschöpft sinken unsere Reisende in echte Betten, in einem echten Hotelzimmer mit einem echten, kleinen Badezimmer nebenan, während draußen der Schnee in dichten Flocken fällt.
Oh, ihr norwegischen Freunde, lächelt ruhig euer maliziöses, mitleidiges Lächeln weiter, ihr bekommt nicht Recht. Westnorwegen hat Schnee, viel Schnee, viel reinen, weißen Schnee, der liegen bleibt, prachtvollen, frischen Schnee mit lächelnder Sonne, die ihn glitzern lässt und funkeln. Nach dem mit recht so berühmten norwegischen Frühstückstisch (frokost-bord), der alles, aber auch wirklich alles bietet, beginnend mit Sahne-Haferflocken-Suppe bis zu allen Fisch- und Käsesorten, treten unsere Urlauber hinaus in eine schimmernde Märchenwelt am Hardangerfjord. Der nächtliche Schneefall hat allem und jedem eine weiße Mütze aufgesetzt: Autodächern, Zaunpfählen, Bänken, Dächern, Bäume, stehen gelassenen Räumbesen, Türklinken, ja selbst draußen stehenden Skiern. Sie alle schauen lustig

und fidel unter ihren Mützen hervor, die Sonne grüßt vom dünn beschleierten Himmel, der Fjord winkt mit Funken und Eisstückchen, zwei Katzen begleiten uns auf unserem Ortserkundungsspaziergang. Der ist schnell beendet, das Örtchen ist nicht groß, das deutsche Auto wird schneegeräumt, wir müssen zu einer Autowerkstatt. Der Meister sieht uns entsetzt an: "Wie - for fanen (zum Teufel) - seid ihr zu uns ins Tal gekommen? Etwa ohne Schneeketten oder Spikes? Das ist strengstens verboten bei uns! Bei einem Unfall wäret ihr immer schuldig gesprochen worden, egal, ob ihr nun schuldig oder unschuldig gewesen wäret".

Die neuen, gespikten Schneeketten werden gleich fachmännisch montiert. Sie bringen uns sicher und problemlos auf eine kleine Hochebene, wo unsere Winterurlauber sich - leicht unbeholfen - der sportlichen Betätigung des Langlaufens hingeben wollen. Sie sind allein auf weiter, weißer Flur, die Loipe müssen sie selber ziehen, Skilifte und Loipenpräparator sind unbekannt.

Die Luft ist wie Sekt, ihnen wird ganz schwindelig, sie stürzen sich ins köstliche Vergnügen. Ein Herr Baron, nicht mit Namen, mit Titel lässt sich am Abend nach dem Essen von seiner Tochter, der Hotelwirtin, avisieren und vorstellen. Ein kleines, zartes, sehr korrektes Menschlein nimmt uns genauestens in Augenschein, ob wir wohl würdig genug seien, seiner Frau präsentiert zu werden. Es ist irgendwie anrührend. Da sitzen drei Menschen verloren in der Ecke der ansonsten leeren Hotelhalle mit einem Bier in der Hand im Schummerlicht. Das eine Bier aus einer norwegischen Bar muss halten den Abend über, ein zweites würde seine und unsere Mittel überschreiten. Der Gesprächsstoff ist bald ausgekostet, ein verlegenes Schweigen lauert unterm schmalen Tisch. Da verabschiedet er sich und ladet uns

für den nächsten Abend in sein Haus ein, der Herr Baron. Wir haben die Prüfung bestanden. Sein Haus ist klein, kahl und eben erst fertig gestellt, karg möbliert. Jedoch steht es an prachtvollster Stelle, auf halber Anhöhe, etwas außerhalb von Ulvik mit atemberaubender Aussicht auf den Fjord. Diese beiden so stillen, sanften, in sich gekehrten Menschen sprechen zwar kein Wort Norwegisch, sind aber ihrem einzigen Kind nachgezogen an den Hardangerfjord weil sie sonst nicht überleben könnten. Sie scheinen diese Welt sowieso schon halb verlassen zu haben.

Die restlichen Tage vergehen mit viel Schlafen, viel Fisch essen, viel frische Luft, viel Bewegung auf unseren Loipen, kurzem Sonnenschein, viel glitzerndem Schnee ohne Neuschnee, lang andauernde, samtene Dunkelheit, viel Lesen, viel Wahrnehmen, vielen Gedanken. Silvester kommt. Nach einem vorzüglichen Lachsessen halten wir uns wieder an einem Glas Bier fest in festlich geschmückter Hotelhalle bei spärlichem Besuch von ein paar Norwegern. Kurz vor Mitternacht gehen wir auf unser Zimmer, treten auf den Balkon hinaus in eine eiseskalte Nacht.

Kein Mensch auf der Straße, kein Gegröle, kein Auto. Alles ist still, nur Milliarden von Sterne funkeln im Himmel und auf dem Fjord. Diese Art von Stille ist anders, weltabgeschieden, an ihrem Rande nicht belauert von lauten Menschengeräuschen, sie scheint zu dauern, sie scheint sich auszudehnen. Sie wächst und wächst leise von Ulvik nach Oslo, zum Nordkap, nach Deutschland, zu den Salzwasserkorallen tief unten im Fjord.

In diese allumfassende und bindende Stille mischen sich Töne, Trompetentöne. In klarer Nacht spielt eine einsame Trompete einen Choral am Ende des Fjords in tiefer Andacht. Als sie verklingt schießen 3 Feuerwerkskörper in die

dunkelblaue Eisluft. Alle Sterne kichern. Es ist ein Silvester auf norwegisch, auf hardangerisch, ein unvergessenes Silvester.

Der treueste Begleiter des Menschen ist der Zweifel, wenn auch nicht immer von ihm wahrgenommen. Deshalb beschließen unsere Winterreisenden einen Tag früher abzureisen. Sie bedenken die winterlichen Straßenverhältnisse, den Kettenzwang und die dadurch bedingte Schleichfahrt. Sie nehmen am 2.1. die erste Brimnes-Fähre des Tages über den majestätischen Fjord, der in seiner Unbewegtheit die Farbspiele eines nordischen Wintersonnenaufgangs widerspiegelt.

Das eisgraue Wasser wird hellgrün, skandinavisch hellgrün, eine seltene Besonderheit von einigen wenigen Sonnenauf- oder -untergängen da oben im Norden. Es ist ein atemberaubendes Hellgrün, das nicht lange währt. Ein kurzlebiges Juwel. Zögerlich kommen danach die Farben hellgelb und grau, die vorsichtig ineinander fließen. Sie bewegen sich träge ein wenig hin und her bis sie geschieden sind in dicke, graue Wolkenklaster, die alle einen hell leuchtenden, gelben Rand haben. Dieses Farbspiel fasziniert unsere Reisenden, sie stehen an Bord und schauen, der Kälte nicht achtend. Die Überfahrt dauert 25 Minuten, dann nimmt sie ein kalter, grauer Wintertag in Empfang in seiner ängstigenden Verlassenheit auf menschenleeren Straßen.

An Odda vorbei, keine Serpentinen diesmal zur Hardanger-Hochebene, sondern sie nehmen die südliche Umgehungsstraße. So rattern und knattern, klirren und sirren sie dahin auf ihren neuen Schneeketten, langsam, vorsichtig. Die Dämmerung kommt schnell da oben im Winter, die Sonne verlässt ihr vergebliches Spiel mit den dicken Wolken, sie sinkt, Dunkelheit kommt geschlichen. Da mischt

sich in das monotone Rumpeln der Schneeketten ein Klack-Klack-Klack. Bedenklich. Gerade haben unsere Reisenden das Ortseingangsschild Vinje passiert. Das Dörfchen ist wie ausgestorben, verlassen vor langer Zeit. Kein Mensch, kein Auto, kein Kind mit Rodel oder Spark. Die Winterurlauber untersuchen das "Klack". Ein Kettenglied ist zerfetzt, eins angerissen, in wenigen Minuten wird die ganze Kette abspringen. Zu Fuß wird in dem kleinen Ort eine Logiermöglichkeit gesucht und bald gefunden: Eine Gjestgiveri - ein Gästehaus.

Die Vermieter sind gar nicht so einfach zu finden, sie wohnen im Kellergeschoss. Unsere Urlauber werden gewarnt: Ihr Haus sei im Winter unbewohnt, da hätten sie keine Gäste. Alles wäre leicht klamm und kalt, es ist nicht geheizt worden. Nur eine Dusche gäbe es pro Hotelgang. Trotz aller Warnungen, das Zimmer muss genommen werden aus Not. Die Heizung wird angedreht und produziert die unheimlichsten Stöhntöne im unbewohnten, leicht heruntergekommenen Hotel. Bereitwillig und voller Verständnisinnigkeit wird unseren Reisenden Auskunft erteilt, wo man Schneeketten-Ersatzglieder kaufen kann.

Man müsse nur tüchtig klingeln und lärmen am und vor dem Geschäft. Der Geschäftsinhaber sei schon alt und etwas schwerhörig und habe natürlich um diese Abendzeit sein Geschäft schon geschlossen. Er wohne aber oben drüber. Mit der abmontierten, lädierten Schneekette wandern unsere Urlauber durchs dämmerige Örtchen und klingeln - lange. Ein altes, gemütliches Gesicht erscheint im Fenster oberhalb der Ladentür. Wir tragen unsere Not vor, er nickt und schließt nach einiger Zeit seinen Laden von innen auf. Zwei, drei trübe Funzelchen beleuchten notdürftig einen Laden aus dem vergangenen Jahrhundert: Holzschubladen

bedecken die Wände, unten große für Mehl, Zucker, Gries, Haferflocken, oben kleine für des Menschen unzählige, geheimnisvolle, dem Lebensbedarf angepasste Dinge, angefangen von Schrauben jeglicher Art bis zu Rasierklingen und Horn-Eierlöffel. Die Diele knarrt vernehmlich, die beiden Tresen sind linoleumbeschlagen und neben der uralten Waage und der eben so alten Kasse steht ein großes, gläsernes, etwas angestaubtes Gefäß mit rot-weißen "poika-grisa"-Bonbons. Fachmännisch nimmt der gemütliche, alte Herr in bequemen, uralten Cordhosen und stark abgetragenem Wams unsere in desolatem Zustand sich befindende Schneekette in Augenschein.

Er nickt, mehr zu sich selbst als zu uns, greift zielsicher und ohne sich zu irren in eine seiner unzähligen Schubladen und überreicht uns die genau richtigen Kettenglieder, drei, eine zum Ersatz. Er verlangt ein paar Kronen, wünscht uns guten Erfolg und entlässt uns mit einem "poika-grisa"-Bonbon, eins für jeden von uns. Dieses süß-leckere Bonbon ist das einzige Nahrungsmittel an diesem Abend, weil nirgendwo auch nur eine Kleinigkeit zum Essen zu finden ist.

Der Wagen steht mit einer Schneekette an einem Schneemäuerchen unter einer der wenigen Straßenlaternen. Unsere beiden Reisenden versorgen sich aus der stets mitgeführten halben Autowerkstatt im Heck des Wagens mit entsprechenden Zangen und streben ihrem leicht muffigen Zimmer zu. Dort angekommen will er zunächst dem rumorenden Geräusch der Heizung Einhalt gebieten oder wenigstens ein Leiserwerden erreichen.

Er nimmt sich seine Taschenlampe und den einen Stuhl zur Hand, schleift beides zum Ventil, jedoch kommt er nicht zum Sitzen. Der Stuhl kracht mit ihm zusammen, eine Flut von norwegischen und deutschen Flüchen überschwemmt

das Zimmer. Das andere Meublement ist auch nicht gerade vertrauenerweckend: Die Rosenmalerei des kleinen Schrankes ist fast zur Gänze abgeblättert, einem Bett fehlt ein Bein und ist mit einem lose da drunter gelegtem Holzklotz ersetzt, der zweite Stuhl zeigt höchst instabile Seitenneigung und der Wasserhahn des Waschbeckens faucht uns erst an ehe er trübes Wasser gibt. Als Reparatur-Unterlage, quasi als Werkstatttisch bleibt das wackelige, kleine Tischchen. Darüber wird nun die Kette viele Male hin und her geschirgt beim angestrengten Versuch sie ohne Schraubstock an Ort und Stelle zu halten.

Oft bleibt es nur beim Versuch, die Kette rutscht ab. Neuer Versuch. Mit inzwischen schmierigen Händen ist auch mit aller Kraft die Kette kaum auf dem Tisch zu fixieren. Mehrmals rutscht sie mit lautem Klirren auf den Boden. Erst nach Stunden und unter Anwendung aller Geduldsreserven und Muskelkraft sind die zwei Kettenglieder aufgebogen, die beiden neuen eingefädelt und wieder zugebogen. Diese Kette ist nun wieder einsatzbereit.

Unsere beiden Reisenden wollen sich ihren Schweiß und die schmutzigen Hände und Unterarme abwaschen. Es gibt ja auf dem Gang eine Dusche! Sie lassen es aber bleiben. Fassungslos stehen sie in der Tür und sehen: Im kalten Bad beginnt der Schimmel die Wände zu überziehen, der Duschvorhang ist zerrissen, die scheußlich grasgrünen Fossilienfunde wölben sich hoch, ein Lichtschalter ist nicht zu finden.

Die Wirtsleute sind abgetaucht, auch am folgenden Morgen sind sie nicht zu finden. Unsere Winterurlauber haben schon am Vorabend die verdächtig wenigen Kronen für das Hotelzimmer bezahlt. Mit neu montierten Ketten aber ohne Frühstück fahren sie ab. Die letzte Etappe geht reibungslos

vonstatten, Larvik ist erreicht. Dort an der Hafeneinfahrt gibt es eine Bäckerei mit Kaffeeausschank. Wenig später stehen unsere Urlauber mit dem wärmendem Kaffee und mehreren Stücken wohlschmeckendem "Wiener-Bröd" im Magen schmunzelnd mit ihrem seit kurzem kettenlosen Auto im Hafen und warten auf ihre Fähre. Die bringt sie in schneefreie Länder. Mit sich nehmen sie selige und weniger selige Erinnerungen, die sie im Alter wärmen werden.

Skotterud

Die kleine Familie war wieder da, angekommen in Aasteböl. War es nun das 8. oder 10. Mal, dass sie auf diesem Bauernhof ihre Ferien verbrachten? Sie wussten es nicht so genau. Ove, der Besitzer des Hofes, der sich so nannte, wohnte nicht dort, er wohnte in dem kleinen, 20 km entfernten Örtchen Skotterut zusammen mit Margrete, seiner Frau. Aasteböl stand leer und wartete auf die Übernahme von Ola, dem Sohn von Ove. Das aber würde dauern, Ola war noch in der Ausbildung zum Steuerberater. Ove hatte natürlich alle seine für den Ackerbau nötigen Gerätschaften in der Scheune stehen, kam täglich und bearbeitete seine Felder. So lernte auch Björn, der jüngste der Urlauber, Traktor fahren.
Ove war der älteste Freund des Vaters von Björn. Vor vielen, vielen Jahren hatte er Ove kennengelernt, in Deutschland. Ove war nach Ende des schrecklichen Krieges in der "Tysklandbrigaden", der Besatzungseinheit der Norweger. Da Norwegen nun seinerseits auch Besatzungsarmee sein wollte, suchte es sich ein Stückchen des besiegten Landes aus, das ihrem wenigstens etwas gleichkam, den Harz. Dorthin hatte sich der Vater von Björn, aus norwegischer

Kriegsgefangenschaft kommend, entlassen lassen. Sein Herz hatte er an Norwegen, seine Landschaften und seine Bewohner verloren und hoffte nun inständig auf Arbeit bei der norwegischen Besatzungsmacht. So lernte Horst Ove kennen. Nach einigen tief enttäuschenden Urlauben in norwegischen Primitivhütten hatte Horst seinen Freund Ove angerufen. Der beendete die Not und bot seinen Hof zum Urlaub machen in aller Freundschaft an. So sitzt nun auch in diesem Jahr die kleine Familie auf der Terrasse der Vesslestuen, dem kleinen Nebengebäude des Hofes, das Ove extra für seinen Freund wohnlich ausgebaut hatte und betrachtet das unter ihnen liegende Tal. An beiden Längsseiten ist das Tal begrenzt von Wäldern, Fichten zumeist, die dunkel mit vielem undurchdringlichem Grün die Sonne nur unwillig durchlassen. Auf diesem Waldboden wächst nichts. Manchmal aber lichten Kiefern mit ihrem freundlich braunen, in der Sonne duftendem Stamm die waldigen Hügel. Dort wachsen Blaubeeren und Pilze, diese Köstlichkeiten.
Nun aber liegt das Tal da, offen, weit und grün. Der hohe Himmel wölbt sich mächtig über ihm und behütet es wie eine schwingende Glocke. Wenig Menschen zertrampeln, kaum ein Auto verstänkert es, ein winziges Rinnsal fließt mitten durch und teilt es unmerklich in zwei Hälften. Auf beiden Seiten gedeiht der Hafer gut. Jedoch muss der jenseitige Hafer einen besonderen Geschmack haben, die Elche bevorzugen ihn. Sie nehmen sogar das etwas anstrengende Durchqueren des Rinnsals mit seinen beiden recht steilen Ufern in Kauf. Dort drüben lassen sie es sich schmecken bis sie aus einem der selten vorbeifahrenden Autos heraus entdeckt werden. Der Trecker kommt dann irgendwann mit Lärm, Höchstgeschwindigkeit und bewaffnetem Bauern.

Aber zu spät, die Elche sind satt und weitergezogen. Wälder gibt es da drüben auch, in denen man sicher und einem Trugschluss folgend unbehelligt verschwinden kann. Die Bauern sind nicht gut auf die Elche zu sprechen, pflanzen aber trotzdem und fürsorglich jedes Jahr aufs Neue Hafer eben dort an. Die Elche lieben den Hafer des Bauern, am Morgen, wenn noch die letzten Nebelfetzchen unschlüssig über dem Tal schweben, am Abend, wenn die Sonne den Hafer erwärmt hat und nur unwillig untergeht. Dann duftet der Hafer verlockend und die Elche ziehen die Ähren mit großem Genuss unterhalb ihrer überhängenden Oberlippe durchs Maul. Oder am Mittag, wenn ein sanftes Lüftchen mit den Ähren spielt, sie hin und her wendet und ein lebendiges Farbspiel in Grün-Gelb ins Tal zaubert. Das gefällt der Gartengrasmücke so gut, dass sie schon am Mittag ihr schnelles, flottes Liedchen in den kleinen Ahornbäumchen am Schotterweg trällert, die Sonnenwindröschen zustimmend nicken und die Flappenpflanze vertrauensvoll ihre großen Blüten öffnet. Idyllisch, friedlich, beruhigend, gewährend, wie Natur manchmal sein kann. So liegt das Tal da an Sonnentagen. Die Besucher sitzen ebenso still auf ihrer kleinen Terrasse der "Vesslestuen" des einzigen Bauernhofes der Umgebung und fügen sich lächelnd der Stille. Sie reisen nicht mit Laptop, Handy oder Radio. So liegt das Tal da in Zeiten des Sonnenscheins. In Zeiten des endlosen Regens verschwindet das Tal. Graue Fäden von Regen gittern das Tal ein, Fäden, an denen die Zeit festklebt. Sie kriecht in die Erde und die nasse Endlosigkeit kommt gezogen mit grau lastendem Nebel, der, wenn er länger anhält, sogar die Ähren zu Boden zwingt. Nichts ist mehr zu sehen oder zu hören, selbst die Wünsche der Besucher werden weggespült, Lethargie besetzt Gedanken. Sie sitzen nicht mehr

auf der Terrasse, sondern in der Vesslestuen, die klein und recht beengend die drei Besucher zusammenrücken lässt. Sie sitzen am Fenster und sehen den Regen rinnen - tagelang. Die Schleier der endlos fließenden Regentröpfchen lassen gerade noch den unterhalb des Bauernhofes liegenden Schotterweg frei und beginnen Wegrandbächlein zu auszuwaschen.

Mit seinem ständigen Strömen trägt es die winzigen Steinteilchen des Schotterweges davon und macht ihn an den Seiten instabil. Der Regen webt ein dichtes, unentrinnbares Gefängnis, das nur Längsstäbe hat. Seltsam. Doch erkennen die Besucher gerade noch, dass ein Kiebitzweibchen dort unten am Wegesrand verzweifelte Sorgen hat, ihre drei Jungen satt zu bekommen. Kein Käferchen, kein Würmchen, kein Spinnchen.

Nur für Minuten werden die sechs leblosen Beinchen, die aus dem Brustgefieder der Mutter heraushängen, lebendig, um schnell ein paar Sämchen aufzupicken und wieder dorthin zu verschwinden. Wenn der Regen weiter anhält, wird dieser Versuch des Lebens scheitern. Welche Macht die drei Kiebitzjungen im Gefieder der Mutter festhält, ist den Beobachtern nicht bekannt. Die Mutter schüttelt fast pausenlos die Nässe aus ihren Federn, ohne dass die Jungen hinausfallen. Das Leben klammert. So vergehen die endlosen Stunden im Sitzen, Nachdenken, Beobachten und beginnender Auflösung in Feuchtigkeit. Die Nässe frießt und nagt an Urlaubslaune und löst sie auf in lustlos waberndes Heimweh, um sich greifende Lethargie, die fast drohend an der Wand lauert. Passieren müsste etwas, meint der jüngste Urlauber. Da kommt eines der seltenen Autos den nassen Schotterweg entlang gefahren, zu schnell, viel zu schnell. Die Beobachter fahren elektrisiert auf, er wird

die Kurve dort unten nicht nehmen können bei dieser Geschwindigkeit. Es ist mehr ein Machwerk der durchnässten Phantasie als ein lebendiger Wunsch. Und dennoch wird er wahr, das Auto fliegt mit beachtlicher Geschwindigkeit über die kleine Wegböschung hinaus in den aufgeweichten Acker hinein. So vorsichtig oder ungeduldig der Fahrer auch versucht aus diesem Matsch wieder herauszukommen - es gelingt ihm nicht. Auch nicht nach mehrmaligen Versuchen. Inzwischen sind Vater und Sohn oben in der Vesslestuen in höchster Lebendigkeit mit Gummistiefeln, Regenmantel und Südwester angetan und rutschen mehr als sie laufen den Weg hinab zu diesem fest sitzenden Auto - es ist etwas passiert. Endlich!

Der Schotterweg kommt aus Schweden. Es ist ein Grenzschleichweg, den nur wenige Menschen ausser den Einheimischen kennen. Er führt durch die Wälder, selten kontrolliert. Zwischen Norwegen und Schweden herrscht seit Jahrhunderten Friede und Einverständnis, außer in Fußballfragen. Nun aber steht da ein Auto im aufgeweichten Acker und kommt nicht von der Stelle. Von oben beobachtet die Urlauberin ein lebhaftes Verhandeln zwischen den drei Männern dort unten, ebenfalls im Modder stehend. Alle gestikulieren wild, schließlich gehen sie an die Heckklappe des Autos, die wird geöffnet, die drei Köpfe verschwinden im Kofferraum, nur die Hinterteile sind noch zu sehen, eins jeansblau, eins cordbraun, eins wollgrau. Nach einer Weile richten sich die Drei wieder auf und lachen, sie lachen und lachen und schlagen sich auf die Oberschenkel. Erst im Nachhinein erfährt die Beobachterin, was dort in diesem Kofferraum verborgen liegt: Ein Schwein! Ein totes, abgebrühtes, halb gegartes, geschmuggeltes Schwein, das aus Schweden kommend zu einer norwegischen Hochzeit

unterwegs ist, um vor den wartenden Gästen gegrillt zu werden. Nun aber steckt es im Modder fest.

Ein Anruf bei Johanson, dem Bauern am einsamen Ende des Tales. Seine Frage lautet: "Ist der Kerl besoffen? Wenn ja, kostet es 500 Kronen, wenn nein, kostet es 100 Kronen. Ich komme mit Traktor, ich kenne das!". Der Traktor kommt nach einer geraumen Weile, das Auto wird aus dem Ackerschlamm gezogen, das Schwein kann seine Reise zum norwegischen Hochzeitspaar fortsetzen, allerdings mit arger Verspätung. Und für unsere Urlauber hat es endlich ein humorvolles Ereignis gegeben, die Wasserwände haben der Hoffnung auf Sonne Platz gemacht.

Besuch beim Jöstedalsbreen

Voller untergründigem Staunen und vorsichtiger Bewunderung sehen wir ein knapp über der Wasseroberfläche schwebendes Städtchen. Aandalsness. Keiner der Bewohner ist mehr als 20 cm vom abgrundtiefen Wasser des gewaltigen und tiefblauen Romsdalsfjorden entfernt. Die Einwohner gehen ihren Gedanken und Beschäftigungen nach so als ob die Lage ihrer Stadt völlig normal wäre.

Zwischen hoch aufragenden Felsen und 1000 m Wassertiefe liegt das pittoreske Städtchen auf mehreren kleineren und größeren Felsvorsprüngen, scheinbar angeklebt an mächtige Felsen, verbunden durch schlanke Brücken. Mit Sicherheit haben hier schon Wikinger gesiedelt. Dieses außergewöhnliche Versteck eignet sich besonders gut für das Ankern von Schiffen, seien es nun Wikinger-Welt-Erkundungs- und Eroberungsboote, einfache Fischerboote, Segelyachten oder luxuriöse Schnellboote. Die fürchterliche Nordsee kann draußen toben wie sie will, hier im Inneren

des durch die hohen Felsen geschützten Romdalsfjord ist von Atlantikstürmen nichts oder kaum etwas zu bemerken. Und der Zugang ist nur Ortskundigen bekannt und früher sicher streng bewacht gewesen. Aber eine Stelle zum Wohnen? Zum lebenslangen Wohnen? Lebenslang der ewigen Feuchtigkeit ausgesetzt? Wir bestaunen den Mut zur Waghalsigkeit. Oder war die stetige Bedrohung durch das allzu nahe, unberechenbare Element Wasser durch Jahrhunderte im Alltagsleben zur Gewohnheit geworden?
Wir genießen das sonnendurchflutete blaue Wunder und sind froh, nicht bleiben zu müssen, sondern diese meerumschlossenen Felsenplateaus verlassen zu dürfen. Wenig später rasten wir, um Mut zu schöpfen, im Angesicht eines breiten, tief grünen Tals, an dessen entferntem Ende Norwegens atemberaubendste Serpentinenstraße in die Felsen gesprengt worden war: Die Trollstigen! Mit allerhöchster Aufmerksamkeit gelenkt fährt der Wagen diese spektakulären Haarnadelkurven hinauf, an Höhe, an Luft gewinnend. Beim Erreichen des Hochplateaus und im Anblick des zurückliegenden Tales in verblauender Tiefe, gedenken wir der eingetretenen Verschiebung von menschlichen Betrachtungsweisen: Ganz fern, blaugrau verschwimmend lag jetzt Aandalsness, der riesige Romsdalsfjord ein kleines Wässerlein, das eben durchfahrene Tal aber wirkt wie ein aufgerissener grüner Schlund.
Vor dem gut besuchten Andenkenladen sitzt eine Norwegerin in hübscher Romsdal-Landestracht und bastelt Hexchen. Ein Hexchen ist so sympathisch wie die Herstellerin selbst und fährt anschließend mit dem deutschen Wagen mit. Seitdem haust es im Schlafzimmer unserer Touristin und kennt deren geheimste Gedanken und Wünsche. Nur einmal im Jahr ist es unmerklich verschwunden, wahr-

scheinlich tanzt es dann mit all den Trollstigen-Trollen den Mitsommernachtblues.

Satt gesehen am ungeheuren Panorama verlassen wir dieses Hochplateau auf der gemäßigt abfallenden Seite und finden uns plötzlich vollkommen alleine auf einem Schotterweg zwischen Breifjell und Högstolen, breite, felsige, bemooste Höhenrücken, übersät mit weißen Schneefeldern. Den anderen Touristen genügte wohl der einmalige Nervenkitzel des Hinauffahrens noch nicht, sie wollten auch hinabfahren!

Zwischen den kühl dunstenden Schneefeldern aber steht Blaubeerkraut. Kraut? Kaum grüne Blättchen, sondern strahlendes Blau. Beeren, Beeren überall so weit das Auge reicht, groß, üppig, süß und saftig. Blau und weiß, weiß und blau, ein elektrisierender Anblick. In wenigen Minuten haben wir sämtliche im Auto befindlichen Gefäße gefüllt und verbrauchen weitaus mehr Zeit all diese Gefäße, angefangen von leeren Milchtüten, Seterrömme- und Joghurtbecher, jetzt randvoll mit den leckersten Blaubeeren, im Auto zu verstauen, stand-, stoß-, kipp-, streu- und schotterstraßenfest zu verstauen. Blaubeeren können färben, sehr eindrucksvoll und nachhaltig färben.

Mit dem lächelnd beruhigenden Gefühl das Abendessen sicher im Auto mitzuführen, stampfen sie mit der Fähre Valldal-Eidsdal über den breiten, grauen Storfjorden hinüber, überqueren das karge, einsame, nur knapp graubraun beflochtene Tverrfjell und sehen am Abend gegen die sinkende Sonne in den atemberaubenden Geirangerfjord hinab. Mit noch einmal gesammelter Konzentration fahren wir die Serpentinen des Örnevingen hinunter, bei jeder Kehre das kleine Städtchen und den so beeindruckenden Fjord näher ins Auge nehmend. Es findet sich ein Übernach-

tungshüttchen auf einem Campingplatz am Fjord. Ausruhend in der Stille eines goldenen, bedächtigen Abends, landschaftsgesättigt und wohlig warm, bedanken wir uns für zwei Köstlichkeiten: Der glitzernde Anblick des so berühmten Fjordes und der wundervolle Geschmack von Norwegens Bergblaubeeren.

Am nächsten Morgen versteckt sich die Sonne hinter milchig trüben Wolken während wir auf der Fähre nach Hellesylt, frei von Aufmerksamkeitspflichten, die lange Fahrt über den Geirangerfjord geniessen. Wir versuchen dabei jene Zeiten zu ermessen, als mit unendlichen Mühen und stets vom Hunger bedroht, die Kargheit jener Einödhöfe dort oben auf den gewaltigen Felsen und zwischen sich den tiefen, unermesslichen Fjord, noch betrieben wurden. Es ist eine nur ganz leise Ahnung vom menschlichen Überlebungswillen.

Als der Tag sich seinem Ende zuneigt, schimmert uns der Horningdalsvatnet entgegen, Norwegens größter Binnensee. Vor dem Hotel steht ein Bus, ein norwegischer, und entlässt ebenfalls Touristen. Aufgeregt schnatternd versuchen einige Damen dem Busfahrer mit akzentdurchsetztem Englisch dazu zu bewegen, ihre Koffer schneller zu entladen. Hetze aber ist keine norwegische Eigenschaft. Das Rätsel der Nationalität dieser Reisenden kann erst der Hotelwirt lösen, der damit jedoch ins Grübeln kommt. Das ganze Hotel ist voller Israelis. Abends am kalt-warmen Büfett werden die Fingerspitzen der Israelis immer länger, ihre Fragefalten auf der Stirn immer tiefer, die Portionen auf ihren Tellern immer vorsichtig kleiner und zögerlicher. Gurken, Tomaten, spärlich verteilt, weil zu teuer in Norwegen und das wenige Obst waren zuerst eingesammelt, aber dann? Wer von den Israelis kennt schon Medisterpölser

oder Fiskeboller oder kaaldt rögt röding? Während sie noch fragend schauen, langen wir kräftig und schmunzelnd zu. Kalt geräucherter Saibling ist eine köstliche norwegische Spezialität und relativ selten zu haben. Für Blaubeeren konnten wir an diesem Tage nicht sorgen, denn die graugrüne, felsige Kargheit des Gebirges zwischen Hellesylt und Horningdal haben keine Blaubeeren gespendet oder die einheimische Tierwelt, allen voran der Elch, hatten die Beeren schon abgeerntet. Auch Gebirgsfüchse sind keine Kostverächter von Blaubeeren.

Unter "levande musik" verstehen die Norwegen vor gut 30 Jahren noch kein ohrenbetäubenden Krach, der jede menschliche Verständigung totschlägt, sondern 2 Schifferklaviere, 2 norwegische Fideln und einen Kontrabass. Die Musik, zu Ehren der Israelis extra bestellt für den Abend, beinhaltet Walzer- und Polka-angehauchte Stücke und werden im fortschreitenden Abend immer lustiger und fideler, je mehr Bier die Spieler spendiert bekommen. Für uns ist es in 40 Jahren Norwegen-Urlaub der einzige Tanzabend, den wir erleben und bleibt deshalb in unauslöschlicher Erinnerung, bekommt einen kleinen Glorienschein. Ein einziger "Longdrink" an diesem Abend muss reichen, mehr können wir uns nicht leisten. Alkohol und Norwegen zusammen passen kaum zu einer deutschen Geldbörse mittlerer Größe.

An Norwegens Westküste ist Sonnenschein eine Seltenheit. An diesem Tage begegnet uns diese Seltenheit, die Sonne scheint warm und zuversichtlich vom blauen Himmel. Eine lastende Leichtigkeit lädt zur Umrundung des Horningdalsvatnet ein auf extrem engen Strässchen, die direkt am See entlang führen, abenteuerlich anmutende Achsensträßchen. Ein lichtes, federleichtes Blau durchperlt

den Tag, hüllt Berge, Hügel, Wiesen, Felder, Bäume und See ein und versetzt ein wenig die Wirklichkeit, in der lauter winzige Prismen zu necken scheinen. Durch das Fernglas gaukeln sie dem Beobachter ein rotes Flüsschen auf der gegenüber liegenden Seite des Sees vor. Das muss untersucht werden. Das Flüsschen entpuppt sich als rauschender, wild erzählender, eiskalter Bach, der direkt von einem Gletscher kommt und die Farbe rot gehört zu einer Unmenge mitten im Bach stehender Himbeersträucher, die geradezu überladen sind mit Früchten. Diesmal ist es eine gefährliche und kalte Pflückerei für uns, zuweilen unterbrochen durch ein Aufwärmenmüssen. Dennoch ist das Abendbrot gesichert und der Geldbeutel etwas entlastet. Köstlich.

Am nächsten Tag führt uns die Strasse am düster dunklen Loen Vatnet vorbei. Wir steigen aus und gedenken der 150 Menschen, die mitten in der Nacht im Schlaf von einem gewaltigen Felssturz ins Wasser gerissen werden und ertrinken. Ein ganzes Dorf verschwindet über Nacht. Vor Jahren eine apokalyptische Nacht, heute unschuldig dunkel glänzendes, einsames Gewässer an einem Denkmal.

Die Luft wird kühler, die Höhe nimmt zu, die Schneefelder am Straßenrand werden größer, die Fließgewässer kälter, die Straßen schottriger und verlassener, wir nähern uns Jotunheimen, Norwegens Wohnstätte der Riesen, mit Europas größtem Gletscher, dem Jöstedalsbreen. Das Dörfchen heißt Skei i Jölster. Wir erreichen es am Abend. Es gibt ein Hotel, es ist kaum belegt, der Wirt ist ein Witzbold und spielt wunderbar Schifferklavier. Am Abend kommen ein paar Dörfler, es gibt warm geräucherte Wildforellen und ein norwegisches Letöl (Leichtbier, ohne Alkohol).

Der nächste Tag glitzert, der Himmel ist voller Sonnenschein, der Wind schläft, die Berge stehen glasklar und

haben sich fein gemacht. Sie tragen weiße Wolkenschals, elegant um die Bergspitze geschlungen und spiegeln sich voller Eitelkeit im zu ihren Füssen liegenden See. Ein Tag, spritzig wie Sekt. Sie steht am Hotelfenster, umgeben von Verlockungen, fasziniert, sprachlos, unternehmungslustig. Der Partner neben ihr ist krank, hat Kopfweh. Sie aber muss raus, zu den geschmückten Felsen, sie muss ihnen lachend zeigen, dass man diese entzückenden Schals noch anders drapieren kann, fest davon überzeugt, sie könne mit ihnen sprechen. Sie verabschiedet sich von dem Kranken, nicht sicher, ob ihre abendliche Heimkehr wirklich stattfinden oder ob sie vielleicht bei Gletschern, Felsen, Wolken und perlender Luftbläue bleiben wird.

Sie will das Wagnis eingehen und einen frisch gesprengten, norwegischen Tunnel befahren, allein, er ist noch nicht offiziell eröffnet. Der Wagen läuft, sie sind auf der Zufahrtsstraße, die sich zwischen Seeuferwiesen und Felswänden mit aufgeplatztem Asphalt dahin windet, schmal, mit "möteplasser", von der Morgensonne erwärmt. Aber sie ist nicht allein. Von der langen, kühlen Morgenäsung ermüdet, liegt eine Ziegenherde auf der Straße, genießt die Wärme am Bauch und käut in aller Ruhe wieder. Dicht beieinander.

Sie werden diese Wohligkeit nicht so schnell unterbrechen, auch nicht, wenn dieses stinkende, gelbliche Blechding da noch so laut hupt und aufheult.

Aber dann steigt ein dummer Mensch aus, fuchtelt mit den Armen und verlässt doch tatsächlich dieses Blechding und lässt die Fahrertür offen. Norwegische Ziegen sind erfahren, offene Autotüren laden dringend zu schnellen Erkundigungen des Inneren ein, ob da nicht vielleicht jene kurzen, weißen, wohlschmeckenden Papierstäbchen zu finden sind, die man so selten zwischen den Zähnen kauen kann.

Bei einigen ahnungslosen Touristen hatte man doch schon große Erfolge damit erreichen und ganze Schachteln davon erwischen können. Zigaretten. Zwischen dem Menschen und den Ziegen beginnt ein Wettlauf, den der Mensch um Haaresbreite gewinnt. Tür zu, abfahren, langsam fahren, die Böcke hassen die ungemütliche Unterbrechung der Morgenruhe und senken unmissverständlich ihre hornbewehrten Köpfe. Die Straße ist schmal, das Autoblech nicht besonders dick und die Ziegen sind unlustig wieder in die nasse Wiese zu springen. Jedoch - der Wagen kommt glimpflich davon und steht bald vor der bereits betonierten Einfahrt des Fjärlandtunnels.

Im schwarzen Inneren zeigen die kantig durch die Sprengung abgebrochenen Felsen keinerlei Neigung, das Scheinwerferlicht zurückzuwerfen. Sie schlucken es einfach. Beleuchtung ist noch nicht installiert und bald muss die vorsichtige Fahrerin feststellen, dass das Lenkrad konstant ein wenig nach links gehalten werden muss, sonst kommt das Autoblech mit den Felsen in Kontakt. Der schwarze Tunnel schien sich in einer Schraubendrehung nach oben zu winden. Ein leicht beängstigendes Gefühl des Gleich-Verlorengehens stellt sich ein, ein Gefühl des Unterwegssein in unbekannte, finstere Erdbereiche, ein Gefühl einer Unerbittlichkeit, die draußen in der Finsternis mitläuft, staucht die fröhliche Aufbruchstimmung des Morgens merklich zusammen.

Einen Weg zurück gibt es nicht, die Kehrtwende des Autos ist in dieser Enge nicht möglich. Es ist die höchste Steigerung aller norwegischer "Betwege": "Herr, lass keinen entgegenkommen!" Der Mensch am Steuer ist vorbereitet, jeden Augenblick einen schmutzigen Daumennagel zu erblicken im Gefunzel des so beängstigend wenigen Scheinwerferlichts, zu einem großen, runzligen Daumen

gehörend, der unmissverständlich anzeigt, dass der Besitzer dieses Daumen wünscht mitgenommen zu werden. Ein ob der Störung mürrischer, störrischer norwegischer Bergtroll. Das Auto und die Fahrerin befinden sich direkt unter Norwegens größtem Gletscher, dem Jöstedalsbreen. Aber der Tunnel öffnet sich, der erleichterte Blick fällt in eine überwältigende Helligkeit auf einen sonnen überfluteten, schottrigen Parkplatz mittlerer Größe, auf dem nur eine einsame Planierraupe steht. Sonst nichts, kein Auto, keine Maschine, kein Mensch, keine Ziege, riesengroße Einsamkeit überhaucht von der Nähe eines eiskalten Naturwunders - der Gletscher, noch nicht zu sehen, aber zu fühlen, er haucht Eiseskälte.

Eine schmale Trampelspur führt über eine sonst unberührte Wiese in Richtung Gletscher, der hier oben zwei gewaltige Zungen zum Abtauen hingelegt hat. Der Pfad wird unterbrochen durch ein munteres, eiskaltes Gletscherbächlein, abwärtsdrängend, wadentief. Also zurück zum Auto, die immer mitgeführten Gummistiefel holen, denn die Menschen, die dort vorher gegangen waren, hatten zwei ziemlich umfangreiche Felssteine ins Bächlein gelegt zum Hinüberklettern für Balancesichere. Vorsicht ist geboten, kein Abrutschen bitte, denn Hilfe ist in dieser menschenleeren Gegend zu handylosen Zeiten nicht zu erwarten.

Der Pfad endet an einem Moränenstrom, in dessen Mitte der nächste Gletscherbach strömt. Es sind lauter graphitgraue, rundgeschundene, mittelgroße Steine, mit einer dunkelgrauen, öligen Schmierschicht umschlossen, die niemals einen festen, tragbaren Untergrund bilden , sondern immer rollen, immer in Bewegung bleiben werden. Man kann sie nicht betreten ohne in langsames Rutschen zu geraten, und sie rutschen auf einen Abgrund zu, in den

sich auch das Bächlein stürzt. In unmittelbarer Nähe ist das blau glitzernde, eisige Gletschertor, aus dem das Bächlein hervorschießt, grau gefärbt von Jahrtausenden des Felsabschliffs durch den ungeheuren Gletscherdruck. Da ist er, der Gewaltige, der Jöstedalsbreen, schneeweiß, in der Sonne schimmernd, bläulich an der Abbruchkante, eingerissen, in Eisnadel abgespalten, eisig, urzeitig. Die Luft ist voller Spannungsteilchen, die seltsamerweise die Sauerstoffmoleküle vermindern. Das kleine Menschlein tastet sich zurück auf festen Untergrund, setzt sich auf die blanke Erde, einsam, fasziniert, angespannt, ein wenig ängstlich und tief beeindruckt von der nahen Unfassbarkeit, der Majestät eines Naturphänomens.

Stille herrscht nicht, die Gletscherzunge liegt nicht in majestätischer Ruhe. Sie grummelt, sie flüstert, sie knispert, was sich anhört wie das genüssliche Aufbeißen mit Eiszähnen von abertausenden Luftbläschen, sie knackt und birst, aber nicht außen, sondern irgendwo innen, unsichtbar. Und plötzlich brüllt sie mich mit elementarer Wucht an, der kleine Mensch erschrickt bis ins Mark, will flüchten. Die riesige Gletscherzunge aber knurrt mich an, wie ich es wagen könne mit dieser Körperwärme ihre kalte Sphäre zu stören und es scheint, als ob sie mit all ihren gefrorenen Wasseratomen kichert. Dann knallt mich der Gletscher mit Urgewalt an, bricht dabei ein kleines Stückchen einer freistehenden Eisnadel ab und lässt es in das Gletscherbächlein fallen. Viel Getöse um ein kleines Nichts. Der Bach bäumt sich jäh auf, bildete eine kleine Welle, was sich jedoch in Windeseile zu einem drohenden Rauschen wandelt. Mit der kleinen Flutwelle setzte der Bach alle Geröllsteine in Bewegung, die hell glitzernde Einsamkeit mit dunklen Tönen bedrohend. Wasser und Steine ziehen in unterschied-

licher Geschwindigkeit dem Absturz zu. Das Menschlein springt auf, springt drei Schritte zurück und ist in Sorge um das winzige Blümchen, was es eben auf der gegenüberliegenden Seite des Gletscherbaches meint gesehen zu haben. Ein kleines, hellrotes Anemönchen, das sich scheinbar furchtlos unterhalb des Gletschers angesiedelt hat, David gegen Goliath. Meine untergründige Angst schien der Gletscher zu bemerken: "Ha", grummelte der Jöstedalsbreen, "als einzelner Mensch mögt ihr ja vielleicht verträglich sein, als habgierige Masse seid ihr unerträglich, ihr habt den Respekt verloren und geistlos angeblich Lebendes von angeblich Leblosem getrennt. Ich lebe seit Tausenden von Jahren, ihr seid unwissende, dauerhaft egozentrische, dünkelhafte Neuankömmlinge".
Der Jöstedalsbreen hatte Recht, ich ging.

Erinnerungen eines Ganters

Mit wenigen, kräftigen Stößen kam er hinter einem dicken, bemoosten Felsen hervorgeschwommen, verhielt kurz, schwamm bis zur Fluchtabstandsgrenze heran, wurde langsamer, versicherte sich, richtig gefühlt zu haben, musterte mich erst mit dem linken, dann mit dem rechten Auge, nickte und entspannte sich.
Ich verehrte diesen Kanadaganter sehr und sprach ihn an:
"Wundervoll, dich zu sehen, wie geht es dir?"
"Miserabel, es lebt sich schlecht mit einem durchtrennten Herzen!"
"Ich möchte trotzdem mit dir reden, sage, wenn es dir zu schwer fällt"
"Du kommst in Teufels Küche!"
"Wieso?"

"Menschen meinen, mit Tieren reden ist ein untrügliches Zeichen von Schizophrenie oder anderen Hirnkrankheiten!"
"Konrad Lorenz tat es doch auch, speziell mit euch!"
"Was heißt das schon. Menschen meinen, wenn sie irgendetwas oder irgendwen erforschen, wissen sie ab dann alles und für alle Zeiten. Sie kennen uns nicht, die Menschen, trotz Konrad Lorenz. Die meisten haben keine Lust uns überhaupt kennenzulernen, ihnen ist die virtuelle Welt lieber. Und wenn sie uns erforschen, töten sie uns, denn ihnen ist in der Komplexität des Lebens die unter dem Mikroskop sichtbare Zelle lieber als unser lebendiges Herz!"
"Mir nicht, ich bin kein Mikrobiologe!"
"Wie gesagt, du kommst in Teufels Küche!"
"Ist mir egal!"
"Na dann - höre!"
Schon im Überflug stelle ich fest: Hier könnte es sein, hier wäre die richtige Stelle. Ich ziehe eine große, elegante Schleife und überfliege den See noch einmal. Es bestätigte sich: Es ist die richtige Stelle. Der See ist nicht zu groß, ist übersichtlich, auch nicht zu klein, hat ein binsengeschütztes Ufer, ist von zwei Seiten von dichten Wäldern umgeben und hat auf der vierten Seite eine saftige Waldwiese, wenigstens sieht sie saftig aus. Allerdings gibt es da - und das wiegt schwer - auf einer Seite einen Bauernhof. Ärgerlich! Einen kleinen zwar, aber dennoch störend. Man muss immer ein Auge auf die Menschen haben. Sie haben nichts Gutes im Sinn. Zumindest stören sie immer und sind selten auf Stille bedacht. Vielleicht wäre es ja möglich, sich mit diesen wenigen Menschen zu arrangieren. Von einer Waldseite geht auch ein anheimelndes, niedliches Halbinselchen in den See. Dies könnte der geeignete Platz sein zur

Gefiederpflege, denke ich mir, wenn die Kinder erst größer geworden sind. Diese Halbinsel ist auch gut zu überwachen, um den ständig drohenden Feind, den Fuchs, rechtzeitig zu bemerken. Schlimmer aber ist die Situation auf jener Waldwiese: Saftig vielleicht, aber eingeschlossen von drei Waldseiten und zu klein, um einen Schnellstart hinzulegen, wenn nötig. Der Anlaufweg ist zu kurz, die Bäume zu groß und zu dicht. Wenn mein Vorhaben also zum Erfolg führen soll, werde ich hier besonders aufmerksam Wache halten müssen, darf keinen Grashalm selbst fressen, auch nicht, wenn der Hunger groß ist. Weißt du, ich komme ins Grübeln, aber müsst nicht auch ihr Menschen ab und an in eurem Leben ein Risiko eingehen?.

So könnte es gehen, denke ich, wenn wir Glück haben. Aber sie muss erst einmal einwilligen. Ich denke "sie" und warm wird es mir unter den Flügeln, mein Herz klopft spürbarer, meine Augen werden eine Spur feuchter, hüpfende Freude springt mir in den Kopf. Was hat sie doch für einen unnachahmlichen Schwung in ihrem schwarzen Hals und wie makellos ist ihr Kehlweiß, das sich fein und zart bis zu ihren zierlichen Wangen lehnt.

Ihre schwarzen Augen sehen so lebensbejahend und warmherzig über die Seenlandschaft hin, in die wir beide hineingeboren wurden. Auch hatte ich noch kein Abgleiten ins Abweisende darin finden können, so oft ich mich ihr auch genähert hatte. Und ich habe dafür gesorgt, dass sie mich bemerkte, trotz des leisen Widerstandes ihres Familienclans. Jetzt bei dieser Landung musste sie mich auch bemerken, denn ich ziehe eine schwungvolle Kurve, fahre mein kräftiges Fahrgestell viel zu früh aus, winke leicht mit meinen Flügeln und lande prustend in ihrer unmittelbaren Nähe mit verhaltenem Siegesgeschrei. Es war mir, als ob sie

lächelte, leise und versteckt. An einem der nächsten Tage nehme ich sie mit zu dem von mir gefundenen See.

Wir landen leise, unauffällig. Wir schwimmen leise und vorsichtig, ohne Geschnatter. Ich zeige ihr den ganzen See. Wir grasen drei Halme auf der Wiese, wir durchrudern die Binsen, leise, leise, wir zupften zwei Federn auf der Halbinsel. Es gefällt ihr, sie vertraut mir ganz, sie bewundert meine Stärke. Ich hatte bestimmt das Richtige gefunden. Wir fliegen davon, wir kommen wieder. Ihr kaum sichtbares Zögern bemerke ich nicht, es war zu versteckt. War der See zu klein? Gibt es eine über ihm schwebende Vorahnung? Beim dritten Seebesuch jedoch ist sie mit dieser Bindung und diesem Brutplatz einverstanden. Wir beginnen mit dem Nestbau in den Binsen. Wir sind verliebt, so verliebt. Wir sind nie mehr als einen Meter voneinander entfernt, wir sammeln abgestorbene Binsen mit unseren langen Hälsen und trockene Zweige.

Wir verweilen in Ruhe und Stille nebeneinander und bauen weiter am Nest. In den hellen, schwedischen Nächten verschmelzen unsere schwarzen Hälse nebeneinander in der Bläue der Minuten, in denen das Universum den Atem anhält und es scheint, als ob ein unsichtbarer Ring unsere gemeinsame Liebe abschirmt gegen die unerbittliche Realität ringsum. Unserer Verliebtheit verschleiert aber den abwägenden Blick in jene Realität, in der wir hätten feststellen müssen, dass unser stattlicher Nestbau gefährlich nahe am Ufer sich erhebt und mit einem etwas schwungvolleren Sprung erreicht werden konnte. Unseren allgegenwärtigen Feind hatten wir vergessen, es geht uns Gänsen nicht anders als euch Menschen. Wir sind ganz in der gegenwärtigen Liebe untergetaucht, denken nur an unsere augenblickliche große Aufgabe. Bald sitzt sie stolz thronend

auf unserem hohen Nestbau, ich werkele noch ein bisschen drumherum. Sie brütet versunken mitten in den Binsen, wie sie meint. Ich wache mit langgestrecktem Hals und äußerster Konzentration, stundenlang, lege meinen Hals auf den Rand des Nestes und bete sie an.

Aber das weißt du ja alles, du warst doch bei uns. Ab und zu leisten wir uns einen kurzen Moment der gemeinsamen Ruhe, wir schwimmen zur Waldwiese, sie weidet mit gutem Appetit, ich wache, ich gönne mir nichts, bin ganz Aufmerksamkeit. Wir schwimmen zur Halbinsel, fetten und zupfen kurz im Gefieder und schwimmen zurück zum Nest. Sie wendet die Eier, befeuchtet sie mit dem im Gefieder mitgebrachten Wasser und bebrütet sie wieder. Nach 4 Wochen ist unser Glück perfekt, die Gösselchen, fünf an der Zahl, eins schöner als das andere, erblicken das über dem See schimmernde Licht. Die Kleinen müssen gehudert, gewärmt und pausenlos mit unseren Stimmen in Sicherheit gewiegt werden: "Ich bin hier, ich, euer Vater ist hier, ich schütze euch, ich bin hier" waren die schönsten Worte meines Lebens.

Ich wache, ich wache pausenlos, du bist Zeuge meines unendlichen Bemühens munter zu bleiben. Irgendwann jedoch in den Minuten des selig rosaroten Versprechens der Sonne sich über den Horizont zu erheben fallen mir die Augen zu. An jenem Morgen kommt es, das Unglück. Von unserem Glück hatten wohl die Götter die Nase voll. Sagtest du nicht, du hättest ihn schon vorher gesehen, den schnellen, hellbraunen Blitz zwischen den Bäumen, die nahe am Ufer stehen, selten und beinahe als ein Nichts einzustufen? Er musste also schon einige Zeit damit beschäftigt gewesen sein, seine Chancen auszuloten. Er biss nicht auf der Wiese zu, er schlich sich nicht an die Halbinsel heran, wie ich dachte, nein, er machte einen gewaltigen Satz und biss in ihren linken Flügel in der Hoffnung, sie ganz zu töten. Der Fuchs kam zu keiner Mahlzeit, ich war schnell. Nicht schnell genug. Ihr Flügel war gebrochen und noch bevor die Sonne aufging hallte über den See ein markerschütternder Gänseschrei. Ein Schrei des Schmerzes, ein Schrei des Ende eines Glückes, ein Schrei des Wissens von einem langsamen Sterben, der Schrei des Zugriffs eines unerbittlichen Schicksals.

In den Wochen des Heranwachsens der Jungen heilte ihr Flügel, aber.....du hast es gesehen, ich sah es, das Unglück hatte uns fest im Griff. Sie übt und übt, mit Anlauf und ohne, mit Instinkt und Willenskraft, sie schlägt mit den Flügeln und schlägt, das Wasser spritzt, sie kann sich nicht von der Wasseroberfläche erheben. Irgendwann, nach dem hundertsten Versuch, gibt sie auf. In diesem Leben würde sie niemals in der Lage sein, sich von diesem See zu erheben. Lüfte, Waldwiesen, der Flug ins Winterquartier in der Gemeinschaft anderer Gänse würde für sie nicht stattfinden. Mein Herz bekommt Risse, feine, schmerzende Risse, in die

schwarzes Weh sickert. Du hast ihre Not gesehen, hast du mit den Menschen darüber gesprochen?
Es ließ dich nicht unberührt, ich merkte es, wir Tiere haben feinere Sinne als ihr Menschen. Du warst sehr besorgt. Ich auch, aber ich hatte noch andere Sorgen. Meine strenge Aufmerksamkeit durfte nicht nachlassen, die Jungen sind an meiner Seite, sie dürfen nicht zu Schaden kommen.
Unsere prachtvollen Jungen müssen begleitet und bewacht werden in ihrer Heranreifung, Tag und Nacht. Beobachtet von dir erkunden wir alle den See, grasen alle Sieben auf der Waldwiese mit mir als hoch aufgerichteten Wächter, ganz Aufmerksamkeit. Der Abend sieht uns auf der Halbinsel unser Gefieder fettend und ordnend. Nur sie wird schmaler und schmaler trotz meiner Aufmerksamkeit und Fürsorge. Mein Weh wird schmerzlicher. Zehren nicht nur die vielen vergeblichen Flugversuche, sondern auch die vielen einsamen Stunden dort in den Binsen an ihr? Denn eines Tages war es so weit, unsere Jungen starten ihren ersten Flugversuch und bald rauschen sie trompetend über den See. Eines Morgens bringe ich sie nach dem Grasen zum Gänsejungen-Sammelplatz.
Wir nehmen gemeinsam Anlauf, erheben uns mit Jubelgeschrei von der Wasseroberfläche und rauschen davon. Sie bleibt zurück, mein Herz ist wund. Sie verschwimmt sich in den Binsen und beginnt zu weinen. Nicht laut, aber vernehmlich, die ganzen, langen Stunden des Wartens. Rauh, sehnsuchtsvoll, verlassen, schmerzlich, bittend, hilflos, trostlos. Es gibt keine Gänseärzte, Schicksale sind bei uns gnadenlos. Ich weiß, du hast es mir vermittelt: Das ist schwer zu ertragen inmitten dieser schwerelosen, schimmernden, sommerleichten, grünen Wasserwelt.
Nach ein paar Tagen komme ich abends zurück, allein. Un-

sere Jungen sind selbstständig, unsere Pflicht ist erfüllt, wir können wieder nur ein Paar sein. Ich komme zurück und bleibe und über den See legt sich wieder die Stille. Die Natur breitet eine trügerische Normalität über uns und den See aus, ich weiche nicht mehr von ihrer Seite. Wir selbst werden zur Stille.

Die unabgelenkte Gemeinsamkeit, die Wohligkeit der langen, hellen Sommertage, das schimmernde Grün der Wälder, das gemächliche Ziehen der gespiegelten Wolken auf dem Wasser und das ruhige Gleichmaß unserer Tage lindert die Schwärze meines Wehs und die Heftigkeit ihres Unglücks und leise keimt eine vage, aberwitzige Hoffnung auf Heilung in uns. Unser Gefieder ist warm von der Nachmittagssonne. Wir nutzen jetzt öfters den alten, morschen Ast im Wasser zur Gefiederpflege. Dort ist das Wasser flach, wir können stehen. Leider liegt diese Stelle unterhalb des Bauernhofes, wie du weißt. Aber ich will nicht dauernd an die Hinterhältigkeit der Menschen denken. Gerade will ich ein wenig Wasser in mein Gefieder spritzen da peitscht ein Schuss durch die Stille. Sie rührt sich nicht mehr, mein Herz ist getroffen. Innerhalb einer Sekunde, beim Ausatmen bin ich in der Luft, die zweite Kugel erreicht mich nicht. Hast du dem menschlichen Jäger Bescheid gesagt?

Schattentief und unauslotbar schließt sich der ewig gültige Ring der Einsamkeit um mich. Du wähntest mich frei? Ich bin nicht frei. Ich bin mit schwarzen Stricken an die Trauer gebunden, an die sich in der Unendlichkeit verästelnden Schmerzensfäden verlorener Zweisamkeit.

"Lebewohl für diesmal, vielleicht gibt es ein Wiedersehen"
"Wir Gänse wissen mehr um Treue als ihr Menschen"